花
笙
STORY

让好故事发生

吕旭

著

中信出版集团｜北京

图书在版编目（CIP）数据

野孩子 / 吕旭著 . -- 北京：中信出版社，2024.
8. -- ISBN 978-7-5217-6679-0
Ⅰ. I247.5
中国国家版本馆 CIP 数据核字第 202437YH24 号

野孩子
著者：　吕旭
出版发行：中信出版集团股份有限公司
　　　　　（北京市朝阳区东三环北路 27 号嘉铭中心　邮编　100020）
承印者：　嘉业印刷（天津）有限公司

开本：880mm×1230mm 1/32　　印张：8　　　字数：139 千字
版次：2024 年 8 月第 1 版　　　　印次：2024 年 8 月第 1 次印刷
书号：ISBN 978-7-5217-6679-0
定价：49.80 元

版权所有·侵权必究
如有印刷、装订问题，本公司负责调换。
服务热线：400-600-8099
投稿邮箱：author@citicpub.com

我们所做的一切努力,
都是为了让阳光照进黑暗之中。

——吕旭

推荐序

天黑时，他们也想要回家

"他们，他和他，在我们身边，在活着、在拼命，在等待、在盼望……"

偶然的交锋，让两个"孤儿"看见了彼此。

马亮与轩轩，是在这个陌生的城市中意外结识的同命人。

一小一大，是镜里与镜外，是马亮的过去，是轩轩的未来。

小小的闯入者轩轩，一点点靠近独行者马亮。他们寻觅到一处屋檐，慢慢搭建出他们的家。

活着是具体的,春夏秋冬,炎热与寒冷,他们用身体抵御每一天的时时刻刻。

关系也是具体的,当两个人的距离越来越近,他们对彼此就有了更多需索。有关心,就会有占有;渴望占有,又会滋生撕扯;撕扯来临,就不可避免地要面对更多的亲密困境。

更艰难的是,他们仅仅是活着,都需要耗费巨大的力气。
真实世界的复杂与残忍,对厄运里的人,更加不容分说、更加凌厉凛冽。

最终,必须有人做出选择。
马亮做出了选择。第一次,他为了真正关爱的人,主动地迎接了自己的命运。

我们的故事,希求用冷静但不失温和的注视,用直面真相但饱含真意的诉说,去呈现他们的模样与他们的世界。
没有审判,没有猎奇;不去渲染,不做口号。

我们能做的,是与他们站在一起。

我们想要呼吁的,是最简单的——
他们与你我一样,在天黑时,也想要回家。

殷若昕

目录

I 推荐序

　　天黑时，他们也想要回家

001　第一章　活着的理由

031　第二章　过往

055　第三章　结伴

088　第四章　流浪兄弟

142　第五章　浮尘

153　第六章　哥哥，我去偷吧

169　第七章　你不许学我

186　第八章　回不去的家

193　第九章　梦碎

205　第 十 章　"偷"一个未来

229　第十一章　阳光照进黑暗

附录

235　那束光能照多远、照多久？
　　　——周佼警官专访

第一章　活着的理由

夜风悄然无息地掠过，尚存着几分白日里的湿热气息。月光仿佛被夜的手掌所裹挟，只有零星几点微光透出，这微弱的光亮，随时可能被黑暗吞没。

一辆豪车突然刹车，停靠在一家二手手机批发店门前，后备箱盖弹起。站在店门前等待许久的店员从愣神中惊醒，提着准备好的两个手提袋快步上前，把袋子放进了后备箱。

随后他又转身回到店里，把柜台里一批批装盒的手机装进手提袋里拎了出来。豪车的后备箱始终肆无忌惮地大张着口——看来这次要送的货还真不少。店员反复进出了几次，终于把它给"喂饱"了。

合上后备箱的豪车驶出去没多远，就在一家夜店门口再次

停了下来。

这里,和刚才那家二手手机批发店相隔不过几百米。

夜店门脸看上去有些寒酸,里面却别有洞天。防盗门帘一推上去,里面的音乐和欲望便迫不及待地奔涌而出;门帘一拉下来,就像是什么也没有发生过。

路对面,一个男孩侧身躲在一根电线杆后面,正直直地盯着这辆停下来没多久的豪车。他穿着深色的衣服,就像个街头小流浪汉,丝毫不会引起路人的注意。但他的眼睛亮亮的,在暗夜里闪着光。

在夜里行走惯了的人,眸子犹如野猫的眼睛,即便黑夜再深,他们也能敏锐地找准"猎物"。

已是深夜了,夜店门前依旧是人来人往的。

男孩等了很久,机会终于来了。趁着保安迎客入店的间隙,他迅速地从暗处闪出,靠近这辆他盯了许久的豪车,极其娴熟流畅地打开了豪车的后备箱。

映入他眼眸的,满是崭新的手机。看着后备箱里的"猎物","野猫"的眼睛瞪大了。他看起来很开心,脸上情不自禁地露出了笑容。

男孩迫不及待地伸手要拿里面的东西,不料,就在刚才他愣神狂喜的瞬间,从夜店里出来的保安将他逮了个正着。

他头皮一紧,钻心的疼痛自上而下袭来。男孩被夜店保安粗暴地薅着头发,脸上的笑容也随之消失不见了。他身形瘦弱,在保安手里就像一条待宰杀的脱水之鱼,稍一挣扎,身体就会挨上一记痛打。

他就这样被拖进了夜店。在舞池的边缘,四个人迎上来,先是对他一顿拳打脚踢,接着又拖着无力挣扎的他往夜店深处走去。

舞池里的人依然在扭动着腰肢,似乎对这一切熟视无睹。

男孩是被扔进包厢的,像一摊烂泥跌落在地上。

包厢里有七八个看上去不是很好惹的人,身旁都坐着女人。从豪车上下来的那个男人也在其中,他瞪着男孩,对着手里的麦克风问道:"叫什么?"他的声音特别大,混合着音乐的伴奏声,音调竟显得有几分滑稽。

男孩低着头,没说话。

"叫什么?!"男人问话的语气明显加重了几分。

看到男孩还是没什么动静,夜店保安上前,对着他的脸踹了一脚。男孩顿时眼冒金星,眼前一黑。

"……"男孩嘴角发出的微弱声响,被包厢里回荡着的音乐声结结实实地盖住了。

"大点声!"

"马,马亮。"

"你知不知道你偷的东西是谁的?"

这个叫马亮的男孩连忙摇头,似乎还未从刚才被踹那一脚带来的疼痛中清醒过来。

"我,我不是……我没有……"他说话磕磕巴巴的,仿佛丧失了组织语言完整沟通的能力。

就这样,他又被结结实实地踹了一脚,还是正中脸上。

他捂着脸,彻底失语了。

"赵老大,知道吗?"

马亮用眼角的余光瞟了一眼刚才说话的男人。此刻正逆着光,他根本瞧不清楚对方的模样。

赵老大是谁,他不知道。他刚来江州才没多久,怎么会知道这里的地头蛇是谁,那里的地盘又是谁的呢!但对面这个居高临下的人,令他感到恐惧。马亮害怕再被打,勉强地点了一下头。

"你连赵老大的东西都敢动,你是混哪条道的?"

马亮依旧选择沉默应对。因为他实在不知道该如何回答,才会让自己更安全。

"说话!"

马亮支支吾吾的，还是答不上来。

男人提起酒瓶就要过来打人，被旁边一个染着五颜六色头发的年轻人给拦住了。年轻人指了指包厢角落的摄像头，示意他别把事情闹大了。

男人放下酒瓶，转而指着桌上的几十瓶啤酒，吼道："喝完了，滚！"

马亮没有动，因为他实在没力气动。

年轻人向夜店保安使了个眼色。接着，保安会意地踢了马亮一脚，马亮这才艰难地挪到了桌子跟前，开始机械地喝起啤酒。

他没喝过酒。原来，啤酒的味道是苦的。

一瓶还没喝完，马亮就喝不下去了。他心想：是不是自己求个饶，就可以不喝了？

然而，他求饶的话还没说出口，整个人就被夜店保安一左一右地架了起来，又过来一个人拿起酒瓶，硬生生地往他嘴里倒酒。

在农村，给牛强行喂水，也是这样的架势——当然，那是在它被宰杀之前。

马亮就这样任人摆布着，渐渐失去了意识……

太阳一点一点从地平线升起，缓缓地照亮整个江州，却照

不进这条漆黑的巷子。

巷子外面,生活在附近的人们已经醒来,走上街道:拉着板车的、推着小摊的、骑着电动车的,还有坐轮椅的病人,他们匆匆地路过巷口,没有一个人往巷子里看上一眼。

就在距离他们一步之遥的地方,马亮倒在地上。

这条狭长而不见天日的深巷位于夜店后街,常年堆满臭气熏天的垃圾,无人清理。马亮就像是垃圾一样,被那群人薅着头发扔在了这里。

昨晚他被灌了酒,他恍惚记得自己吐得昏天黑地的,整个人几乎都要翻腾过来了。他无力地倒在垃圾堆旁边,待了整整一个晚上。

天已经亮了,可昨晚发生的那些事仿佛还在眼前。他第一次如此真切地面对恐惧,虽然那不是来自死亡的威胁,但是那种被捆绑住、被伤害的感觉,似乎穿过时光再度袭来。

曾经有一天,他也像这样被人欺负、凌辱过,那种痛苦、那种不堪,就像有无数个人拽着自己的四肢和头发,要把他撕成碎片一样。

一种不知道从哪里迸发出来的无力感遍布全身,马亮觉得呼吸急促,尽管他尝试着深呼吸去缓和这种不安,但是毫无作用;泪水渐渐盈满眼眶,他不想流泪,可是他控制不住。他小小的身子在阴影里发抖。

"喵。"不知道从什么地方跑出来一只橘色的猫，瘦瘦小小的，它从阴影中跑了出来，蹲坐在马亮对面，伸长舌头舔着爪子。它身上也脏兮兮的，爪子却很干净，只是上面有一些伤痕，至于是在哪里受的伤，就不得而知了。

马亮不抖了，他看着眼前的橘猫，竟然生出一些欣喜。

他就这样蜷缩着，和这只橘猫对视着，两个小小的灵魂像是在对话。

"你是怎么出来的？"马亮问橘猫。

"你被那群人拽走的时候，我从后备箱跑出来了。你被那群人打了吗？"

"嗯。"

"疼吗？"

"不疼。"

马亮并没有从那辆豪车的后备箱里偷东西。路过二手手机店时，他看到一只橘色的猫爬进了豪车的后备箱，可是它还没来得及出来就被关进去带走了。马亮似乎听到了小猫在后备箱里的惨叫，所以他才不顾一切地追着车子跟到了夜店门口，想找机会把橘猫救出来。打开后备箱，看到小猫在歪着头看自己时，他一脸惊喜，不料却被保安当作小偷，拖进了夜店……

灵魂交流完毕，小猫顺着垃圾堆轻盈地翻过墙头，消失了。

马亮回过神，突然挤出一个微笑，像是在给自己打气一样，努力地扶着墙站了起来。

巷口外面的世界，每一个人都像是繁忙的蚂蚁，努力地建造着属于自己的角落，整座城市似乎在往它想要的方向爬升。

马亮从城市的楼宇间穿过，本能地躲避着任何迎面而来的人和车。遇到路边巡逻的警车经过时，他会特别僵硬地面对着墙站住，像是被上了封印一样地贴在墙上。这是他在监狱里被管教出来的习惯——每逢有人进监室，他们都要背朝人、面对墙站着。

但在大街上，马亮这样的行为则会让人错以为他在面对着墙小便。

马亮走入狭窄而熟悉的小路——他的步行路径并不遵循直线最短的原则，而是要尽量避开阳光直射。他对地面上大胆觅食的老鼠、蟑螂毫不畏惧，似乎它们才是可以与他心灵相通的伙伴。

早晨，空气中还带着潮湿的水汽，马亮顶着一头露水穿过一排小炒店、早餐店、杂货店，铺面紧凑且凌乱，务工工人、着急上学的小孩穿梭其中，热闹且有烟火气。正好是早点铺子的就餐高峰期，热气腾腾的包子一笼一笼地出锅。就在老板掀开笼屉、招呼食客的那一刻，马亮的手灵活地伸入其中，神不知鬼不觉地捞走一个包子。滚烫的包子在马亮手里翻腾、舞蹈，两三口之后便消失在他嘴里。

饥饿感消失之后，马亮觉得自己又活过来了。只是这个正在明亮起来的世界，仍旧不属于他。

马亮穿行在废弃了很久的工地里，重新回到阴影之中。这里给了他安全感，因为没有人会关心废墟，也就没人关心他，那意味着没人会伤害他。但马亮怎么也想象不到，未来的某一天他会在这里被一群人追赶，自己的人生也因此被按下了暂停键。

穿过废墟，便是富民里，这是他生活的地方。

江州市被两条大江分成了三个部分，而今日的交通建设已经让大江两岸成了一家人，历史也仅仅留存于那些尚未被拆除的地方。

交叉口老城区的人们享受着文化积淀带来的优势。有一道据说是商代以前的古城墙遗迹在地下，所以这里的发展建设停滞了。所谓的古迹，远远看去无非就是一堵矮旧的墙，走近了看，墙面上被抹上了一层泥灰外壳，没人知道壳子里面的古城墙到底是什么样，是不是还有宝贝在某个角落等待着被发现。

生活在这周围的人们对这个古迹熟视无睹，肆无忌惮地在

角落里堆放着生活垃圾，小餐馆也会在半夜的时候把泔水倒在墙角。这里经常积水，天热时，排泄物和泔水相互作用，空气里总是弥漫着某种说不清的恶臭，人们都捂着鼻子逃也似的快速经过。

这儿有一个很好听的名字，叫"富民里"。听名字就知道，在古代，这里是城市中最富庶的地方之一，现在走进去依然能够看得到往日商铺店面的痕迹。而随着城市快速发展，"原住民"几乎都离开了。现在，这里扎堆生活着这个城市的中下层。富民里旁边就是老火车站、小商品批发基地，还有一家规模很大的肿瘤医院。沿着街道居住的人绝大部分都是来城市里短暂谋生的人，板车师傅、快递外卖员、路边摊小贩、为了省钱看病的患者家属，还有浓妆艳抹的女人。他们的生活在这里交织，构成了和繁华的中央商务区迥然不同的世界。鱼龙混杂的地方，滋生着很多见不得阳光的事情。

富民里像一个足够复杂的迷宫，进去了如果不仔细寻找，根本找不到出来的路。因为久未拆迁，又少有人管理，所以这里成了马亮安家的好选择。

马亮所谓的家，其实是就着一面倒塌了一半的墙搭起的小窝棚。他从外面接了电线，用矿泉水瓶给灯泡做了防雨罩，还在门口的小花盆里种了几株不知道是花还是草的植物，这让他看起来是一个认真对待生活的人。每过一天，他就会在墙上的日历上画一个圈，然后驻足观望很久。周围都是无人居住的废弃空房子，黑夜降临时，只有马亮的家亮起灯，显得与周围格格不入。

马亮选择的家在一个高坡上，视野绝佳，能看得到富民里全貌，也可以看到不远处鳞次栉比的在建商品房。那些开发商把楼盖得奇高无比，远远望过去，这些大楼像无数根筷子垂直地扎在大江两岸，扎在这片陈旧古迹的周围，把富民里严严实实地箍住了。

马亮住得高是为了随时查看周围的状况，他就像非洲大草原上的豹子，喜欢住在树上，一旦发现任何危险，就会立刻逃之夭夭。只是生活在城市里的马亮做不到像豹子那样自由，他更像一只夜猫，警惕着周围的任何动静。

马亮在日历上画了一个圈，代表昨天过去了，昨天过得不好，但总归是过去了。他翻了翻后面的几页日历，其中一个日子上有一个巨大的标记，几乎占了半张纸——这一天对马亮来说很重要。

虽然是白天，但这里还是很黑。马亮打开灯，在昏黄的灯光下，他从一个隐蔽的角落里掏出了一个装饼干的铁盒子，里面整整齐齐地摆放着不同面额的钱。马亮数了两遍，生怕数错，

好像数错了钱就会变少一样。还好,钱没少,他安心地把钱放回去。铁盒子的下面还有一张反扣着的照片,马亮盯着照片看,却又不敢拿起来。迟疑了一小会儿,他把盒子合上,放回原处,关上灯。疲惫感袭来,马亮窝在自己的小床上,酣然入梦。

  北方农村的湖泊河流都很少,且不大,到了冬天,绝大部分水系就会干涸,露出湖底、河床,星星点点地分布在村子的各个角落。假日的时候,这些地方就成了村民们的娱乐中心,他们在里面奔跑,在少数有冰面的地方滑行、看热闹,小孩喜欢去踩薄薄的冰壳子,听着冰块咔嚓咔嚓的碎裂声——那是属于北方小孩的快乐记忆。

  此时此刻,村子里有人在放烟花。在大家都抬头看烟花的时候,年幼的马亮却蹲在湖底玩着冰壳子,冰面上映着他小小的倒影。五颜六色的烟花在天空中瞬间消失,有一小撮留在冰上,转瞬即逝。

  有人高喊一声:"儿子,过来。"

  马亮踩碎最后一个冰壳子,循着声音跑去。他需要爬出湖底才能追得上他。冬天的泥土冻得像锋利的石头,他害怕划破手,所以慢慢地试探着。喊他的人的声音似在远去,向他招手的人影也开始变得模糊,马亮一边着急地热切回应,一边小心翼翼地挪动着脚步。

再抬头，人影消失不见，声音也听不见了，马亮表情凝固，一脚踏空，坠进了湖底。他感到冰冷刺骨——湖底早没有水了，怎么会这么冷呢？马亮挣扎着惊醒过来。

没有冰湖，也没有坠入水中，马亮被人用冷水泼醒了。领头的是个披着国王披风的小胖子，不知怎的，他带着一群小孩找到了这里，他们站在隔壁房子的屋顶，朝着马亮扔灌满水的气球。

小胖子对着马亮喊："流浪汉！"

马亮一个起身，小孩子们便四散而逃。马亮跑下楼跟着追了几步，却听见身后传来了咣当咣当的声音。他扭头一看，一个瘦瘦小小的影子在面前晃了一下，看上去像一只小野猫，不知道从哪里钻了出来。

那不是野猫，而是一个小孩。小孩手里拿着一个铁盒子，举过头顶晃了晃，掂量了一下。看到马亮跑回来，他嗖的一下消失在墙角。

小孩看起来瘦小，但动作迅捷，对这里的地形也熟悉得很。他跑得飞快，利用自己身形瘦小的优势，在低矮的地方自如穿梭，马亮怎么都追不到，没跟几步，小孩的影子就不见了，他气得牙痒痒。

不过这里毕竟是马亮的地盘，一只"大野猫"怎么会让

"小野猫"在自己的地盘上放肆？他爬到高处，观察着小孩逃跑的路径，然后从屋顶抄近路绕到小孩的必经之路上，静静地等着"猎物"自投罗网。

果然，小孩从低矮的灌木丛里冲了出来，因为注意力都在背后，丝毫没顾及前面，所以一头撞进了马亮怀里。马亮像薅小鸡一样提着小孩的衣服，走过富民里人最多的巷弄，人们的生活买卖都集中在这里，而一路上并没有人对他们投来过多关注。小孩在马亮手里挣扎着，直到马亮控制不住，把他扔在路边的角落。

马亮身形比小孩大很多，小孩被困在墙角，无处可逃。离得近了，马亮才看清小孩的样子：他浑身上下都很脏，衣服似乎被泥垢包了浆，头发更是凌乱得像鸡窝一样。他嫌弃地看着小孩——别人也会这样嫌弃地看着他——他俩看彼此像是照镜子一样，马亮的衣服也脏得要命，他的头发是大一号的鸡窝。

小孩脸上青一块紫一块的，显然是被人打的，马亮肚子里的火气突然消了一半，到嘴边的脏话也被他吞了回去。马亮搜遍小孩全身，也没有找到他装钱的盒子，只在他兜里搜出来一块不知道放了多久已经融化了的糖果。糖渍沾了他一手，马亮把糖果扔在地上，用很凶的眼神瞪着小孩："我盒子呢？"

小孩没有很害怕的神情，也死盯着马亮的眼睛，紧紧闭着

— 014 —

嘴不说话。

"我的盒子呢？你放哪儿了？！"

小孩还是不说话，可能是被马亮加重的语气吓到了，他低下头，不敢再看马亮。马亮气得抬手要打他，但他下不去手。小孩偷瞄着马亮悬在空中的手，脸上露出惊恐。

马亮愤愤地放开了他，踢了他一脚，意思是让他滚。小孩跑出去几步，又折返回来，捡起刚才被马亮扔掉的糖果，这才头也不回地跑走了。

小孩跑远了，马亮知道自己的盒子一时半会儿是找不回来了，他生气却无处发泄。他知道，这个时候大喊、摔东西，都无济于事，他强忍着愤怒和难过，落寞地离开小巷。

回到家，他看到自己的小窝被刚才那群小孩拆得一塌糊涂。日历被撕掉，电灯被砸碎，连花盆里的小草也被连根拔断了。

马亮默默地收拾好这一切，坐在床上。他似乎习惯了生活的捶击，又努力地挤出了一丝微笑，安慰自己一切都可以重新开始。

在大多数时候，马亮看上去都是一个正常人，只是不怎么说话，沉默是他的常态，被人骂、被小孩追着打也无动于衷，他只是我行我素地做着自己的事情。长时间的独行生活，让他

缺乏与他人交流的机会,所以有时候他会口齿不清晰,情急之下甚至会口吃。但是他的思维还算敏捷,这跟常年保持警惕的状态有关系。他总是安静地独自行走着,一双眼睛滴溜溜地打量着周围,似乎在找寻潜藏的危险。

他用着一个看上去破旧但好用的智能手机,看剧、打游戏或者和别人瞎聊天都可以。他在网络上表现得比现实世界里更主动,因为没人会知道或者在意他现实里的模样。

遇到危险的时候,马亮会特意变得蓬头垢面,穿着不知道从哪里捡来的破旧军绿色大衣,不洗澡,也不会剪头发,满身油垢——有时这种状态会持续好几个月,厚厚的油污混合着杂草和泥土粘在衣服上,让他看上去犹如一个精神状态不正常的流浪汉,很多人因此对他唯恐避之不及。他像只变色龙一样,用随时变化的肮脏外表,应对着不同的环境,防备着每一个人。

马亮游走在城市的各个角落,捡拾垃圾,再到一个固定的垃圾站去卖,卖的钱很少,勉强够他自己吃喝。有时候,他会耍点小聪明,在纸箱子的缝隙里塞一点点沙土,这样他可以多卖一点钱,包子可以变成盒饭。垃圾站的老板即便发现了,也会当作施舍他,不予追究。

但捡垃圾也是有江湖的。被这一片的人驱赶,又找不到新地方的时候,他索性就不捡了。实在饿得受不了了,马亮就去各种小卖部或者饭店里面"拿"一些东西，不过他从不觊觎收银台里的现金；不饿的时候，他就拿着手机在网上跟一群人聊天，在群聊里爆粗口。

马亮经常在一个小卖部给手机充电，插座放在门口，他就坐在插座旁边，一边充电一边上网。

小卖部是一个牙齿都快掉光了的老太太开的，她是这里的"原住民"，应该也无儿无女，没办法像其他人那样搬出去，所以一直在这里靠卖零碎商品养活自己。她的视力已经退化了，什么东西都要拿到眼前仔细看上很久，才能辨别出是什么，但大多数时候还是会认错。

老太太也看不清马亮，只知道门口坐着一个人，并不知道他的样子多么糟糕，自然也不会打骂他、轰走他。他们彼此之间保持着一种异乎寻常的和谐。

马亮也不会白在这里充电，他走的时候会在老太太的钱盒子里放上钱，顺手再拿走一两颗糖。在他看来，这样的交易才比较合理。

太阳快要落山的时候，马亮开始出行。他是名副其实的夜猫子，黑夜给了他伪装和安全感。富民里的门口已经拆迁殆尽，还有一些"钉子户"坚持着，居住在一半都已是废墟的楼上。

马亮揣着兜穿过这里,迎面碰到一个在赶时间的外卖小哥。"靠右一点!"马亮突然朝他喊道。外卖小哥愣了一瞬,并没有在意这个浑身脏兮兮的人给出的提醒,依然行驶在自己原有的路线上,不料被楼上泼下来的一盆洗衣服水淋成了落汤鸡,全身湿了个透。

马亮哈哈大笑,他不是笑外卖小哥的遭遇,而是被外卖小哥和楼上泼水的阿姨对骂的场面逗乐了。

路过小卖部,马亮看到一个中年男子鬼鬼祟祟地在门口顺东西。小卖部卖的东西大多数都不值钱,偶尔会有一些值点钱的电子配件。这个人却连这样薄利的东西都偷。马亮若无其事地走过去撞了他一下,男子恶狠狠地瞪了他一眼,然后扬长而去。见男人离开,马亮掉头回来,把从他身上拿走的东西放回原处,再把顺下来的钱包里的钱放进老太太装钱的纸盒子里。这一切发生得悄无声息。

马亮努力地保持着对这个世界的善意,哪怕只有一点点;而这个世界偶尔也会对他展露些许美好。

城市广场上车水马龙、人流如织,五颜六色的霓虹灯在争奇斗艳,不同商铺里的劲爆音乐混在一起,十分聒噪。

商场外的 LED 大屏幕,此时此刻正播放着韩国电影《卑劣的街头》中赵寅成暴力要债的画面。马亮无所事事地看着在镜头面前耍酷的男人，偶尔露出憨憨的微笑。

周围的人看着马亮破破烂烂的衣着，都不愿靠近他，不时有人投来异样的眼光。马亮看着他们，突然觉得他们变成了那天打他、凶狠地逼他喝酒的人，他脸上原本淡淡的笑意僵住，进而消失不见。

一个瘦小的身影从他面前飘过，混入人群，像只小老鼠一样，警惕地躲开行人，追赶、捡拾着被人群踢来踢去的塑料瓶子。

马亮认出了那个身影，就是偷走自己盒子的那个小孩。他的目光不自觉地从大屏幕转移到这个小小的身影上。此刻，小孩拖着一个破旧的尼龙编织袋，直勾勾地盯着别人手里快要喝完的饮料瓶子。瓶子到手后，他把剩在瓶底的几滴饮料倒在自己的舌头上，开心地咂着小嘴，像是抓住了片刻的幸福。

冥冥之中注定一般，这是他们第二次相遇。不知道是不是因为两人实在相像，马亮不由得想象着他们第三次、第四次相遇的可能。

小孩也注意到马亮在看自己。两个人的眼神就这样穿过人群，在广场上碰撞了一下又各自迅速躲开了。他们都小心翼翼的。

马亮一晃神，小孩就不见了，他四下寻找了一会儿，发现

在离自己不远处的地面上多了一个铁盒子——正是被小孩拿走的那个。

盒子里面的钱小孩分文没动,照片还是如之前一样扣在最底下,只是多了一颗糖——小孩把他那颗已经融化的糖放了进去。马亮不明白小孩这么做的意义,他揣测,也许小孩是在回报他的手下留情。

钱回来了,可是并没有真正回到马亮手里。在回富民里的路上,马亮被几个人拦住了去路。这群人看上去就是不好惹的街边混混,马亮认出了其中一个头发染得五颜六色的年轻人,就是他在夜店里逼着自己喝酒。

他们是这一带的地头蛇,在这片地界里总能遇得到。马亮本能地想躲开,但显然这次他们是冲着他来的。

那个年轻人点了一根烟,问:"前段时间你碰的那批货,还记得吗?"

自然记得。被灌了那么多酒,像垃圾一样被扔在巷弄里,就算马亮刻意不去想,这些令人难过的经历还是会时不时地突然出现,刺痛他。

马亮没回答,心里盘算着能否装作自己不是那天的人而糊弄过去,毕竟他现在外形脏兮兮的,和那天晚上完全不是一个样子。他甚至还想装成哑巴来更好地骗过他们。不过,他的算盘落空了。有人薅住他的头发，说道："他妈的找了你这么久，装哑巴是不是?!"

"还记得你碰的赵老大的那批货吗?"年轻人又问了一遍。

马亮本想说自己没有碰手机，只是想把猫救出来，可是头皮被撕扯着，钻心的疼痛吞噬了他的解释。一个巴掌、两个巴掌、三个巴掌，结结实实地打在了他脸上，火辣辣地疼。马亮心里只有一个想法：跑吧，逃跑就可以不挨打了。不知道哪里来的一股子力气，让他挣脱束缚，奔跑起来。

马亮专挑那些自己熟悉又偏僻狭窄的路逃跑，希望尽可能快地脱身。可他没想到，这群人对这些路同样熟悉。很快，他又被堵住，前后都有人拦着，他进退不得。

马亮突然想到那个偷铁盒子的小孩，就是像这样被自己轻易捉到的。他终究是处在食物链底层，最多只能威胁威胁小朋友。

接着，拳脚如骤雨般砸在他身上，真真切切，他无处可逃。最后，毫无反抗之力的马亮被小混混们按住，脸紧紧地贴着墙壁。那个年轻人也出现了，这群小混混管他叫"毛哥"。

毛哥看上去比马亮大不了几岁，他抽着烟，吐出的烟圈像水母一样飘浮在空中，之后又被他吹散。他对马亮说："赵老大说，上次你碰他手机那事还没完，你得按照双倍价格还钱。"他说得轻描淡写，但字字都像刀子一样戳着马亮。

"我没钱。"马亮颤抖着说道。

按住马亮的人一边拍打他的脸,一边说:"哎哟,你会说话啊。"

"我没钱。"马亮重复道。

"没钱就想办法赚。一共两万块钱,不多。"毛哥指了指隔壁的停车场说,"你开后备箱的手艺用起来,没多久就凑够了。"

马亮跟他们解释,自己不会开后备箱,那天是后备箱没锁,自己才打开的。奈何这些解释在他们面前是那么苍白无力,他突然意识到,他们并不在乎自己会不会开后备箱,重点是他欠赵老大两万块钱。

马亮看着他们饶有兴味地打开自己的铁盒子,随手就把他忍饥挨饿才攒到的钱分了,尽管每人分到的钱还不够买一盒烟。他知道,自己不能答应还钱,否则肯定是死路一条。但他不知道该怎么争辩,只是本能地想挣脱,一时心急,对着面前的手张嘴就咬。

被咬的人疯了似的把马亮一把摔在地上,对着马亮拳打脚踢起来,马亮觉得自己的肋骨都要断了。他想求饶,结果抬头看到那人不知道从哪里找来一根木棍,猛地挥向他……而一旁的毛哥拦住了那人,瞪了他一眼。

毛哥对着马亮说:"两万,一个月,不然你休想活着走出这里。"

他们走了，像黑白无常索完命后凭空消失了一般。巷子里只剩下浑身伤痕的马亮和一个空空的铁盒子，还有那张他没有勇气直面的照片。

从此之后，马亮发现，他怎么都躲不开这群人的监视。大多数时候，有毛哥在，混混们会收敛很多；但毛哥不在时，他们就会逮着马亮狠揍一顿，再扬长而去。

马亮觉得被咬的那个人在报复他，因为在自己又一次被扇了十几个巴掌之后，那个人让小弟们把自己扔进了水沟。江州市已经入冬，即便没有下雪，沟里的水也是冰冷刺骨的。他们就站在水沟旁边，一边抽烟，一边看着站在水里被冻得瑟瑟发抖的马亮。直到看够了笑话，他们才大摇大摆地离开，还不忘提醒马亮快点还钱。

江州突然下雪了，鹅毛大雪。

马亮身上的衣服原本就很单薄，浸了水的厚裤子硬邦邦的，湿透了的鞋子裹着他被冻得麻木的双脚，在冷风中，马亮每次迈步都很艰难。大雪之中，路人行色匆匆，也许是急着赶回家享用等着他们的热汤热饭——没有谁注意到马亮。

　　马亮走到马路旁边的一家烟酒店门前。店面不算很大，门头高档白酒的牌子下面有一把椅子，那里有挡雨棚，所以椅子上面没有积雪。马亮在椅子上坐下，想脱下鞋子，可是低温中，鞋子变得冰冷坚硬，鞋口划过脚面，疼得他眼泪都要出来了。也就是在这一刻，上一次如此无力的光景浮现在马亮脑海中。

　　是多久以前的事情，他已经记不清楚了，只记得也是在大雪纷飞的冬天。他从昏厥中醒来，发现自己躺在雪地里，头上的伤口已经不流血了，高烧退去之后，他口渴得要命，抓起地上的雪就往嘴巴里塞……那时的处境与现在是那么相似，他既孤独，又无助。

　　头上的伤口早已愈合，被新长出的头发掩盖，可是内心的伤疤，又一次被撕裂开来。马亮突然觉得活着好像并没有多好。

　　透过烟酒店的玻璃，他看到那个经常追着他扔石头的小胖子独自在家看店，他的父母应该是出去进货了。高度近视的小胖子沉迷在游戏当中，根本无暇顾及店里面的情况。墙边的电视机正在播放几则新闻。

　　新闻里说，因为北方突遭寒流侵袭，未来一周内北方大部分地区将迎来暴雪天气，气温将会在短时间下降十度以上，主持人提醒广大市民注意保暖；大雪天气，有市民喝醉酒倒在路边，不幸冻死，接受采访的家属痛哭流涕地说，他去世的时候没有痛苦。

喝醉，冻死，没有痛苦。马亮觉得这是一件简单又美好的事情。他趁着小胖子不注意，偷偷来到酒柜面前，拿出两瓶白酒，又偷偷溜走了。

寒冷的雪地里只有马亮一人。他在一个废弃的公园门口坐下，对着面前的两瓶白酒发了很久的呆，才打开其中一瓶。扑鼻而来的浓重酒味让他下不了口。

真的要这样离开吗？他心想。

他想给自己找一些留下来的理由，使劲地想啊，想啊，可想到的都是不好的回忆。可能离开就是他的宿命吧。

鞭炮嘭的一声在马亮脚边炸响，他被吓了一跳，手里的酒瓶掉在雪地上。肯定又是哪个熊孩子的恶作剧，马亮心想。可一抬头，他看到了那个小孩——偷铁盒子又还回来，还给了他一颗糖的那个小孩。

这已经是他们第三次相遇了。

小孩看着马亮，丝毫没有被他浑身是冰的邋遢样子吓到，反而很快认出了他。小孩似乎不好意思跟马亮说话，就站在那里看着马亮。马亮被他看得十分不自在，他不想让任何人看到他寻死的样子。

马亮看着不远处的小卖部，从兜里掏出五块钱，递给他："去帮我买包花生米。"

小孩接过钱，嗖的一下跑了，像是不会再回来了一样。马亮心想，走了正好，这样就没人打搅自己了。但很快，小孩就从小卖部回来了，把手里的一包花生米递给马亮。

马亮没想到小孩回来得这么快，看着递到面前的花生米，他只好接过来。马亮把剩下的两块钱递给了样子有些扭捏的小孩。

"不要了，给你了。"

"谢谢哥哥。"小孩一脸惊喜。

马亮往前走，小孩就跟着往前走；马亮觉得不对劲，停下脚步，小孩也停了下来。马亮扭头瞪着他，小孩问："哥哥，你要去哪里？"

马亮不回答，一瘸一拐地加速往前走，想甩掉这个小尾巴。谁知道小孩走得更快，甚至跑到他前面，面对马亮，倒着走。

"哥哥，我能跟你去玩吗？"

看着紧跟着自己的小孩，马亮心里升腾起一股无名的火，他停下来，凶巴巴地对着男孩说道："不能！"

"哥哥，我们一起玩吧。"小孩丝毫不理会他的语气，看着马亮的眼神清澈明亮。

这是他们第三次相遇了,所以,是老天特意让他出现的吗?马亮心想。

废旧的公园里,小孩欢呼着在一个破败的滑梯上跑上跑下,自娱自乐着。马亮斜靠在不远处的一面矮墙上,身边放着酒和花生米,时不时地看男孩一眼。

刚才小孩说想滑滑梯,马亮便跟他一起来到了这里。看着在滑梯上欢呼上下的男孩,马亮不经意间也会跟着他笑,仿佛看到了年幼的自己。他心想,能这么开心一次,不那么遗憾地离开这个世界,也挺好的。

雪越下越大,天也快黑了,小孩依然没有想要停下来的迹象。马亮想着,快乐完了,该离开了,他准备偷偷地溜掉。就在他悄悄转身的时候,小孩的声音在背后响起:"哥哥,你去哪儿?"

马亮动作一顿,不知道该怎么回答。

小孩从滑梯旁跑到马亮面前,问:"哥哥,你去哪儿?"

"我要回家了。"

"我能和你一起回去吗?"

"不行。"马亮把花生米揣在怀里,拿上酒,准备一走了之。如果小孩再追上来,他就揍他一顿,这样他就不会跟着自己了。

"不行!"离开前,仿佛怕小男孩听不懂一样,马亮加重语气重复了一遍，还瞪了小孩一眼。

看到小孩站在原地没动，他才走出公园。可是有一个疑问萦绕在马亮心头，没走几步，他便折返回来。

"你为什么把盒子还给我？"

小孩说："盒子里有哥哥和爸爸妈妈的照片。"

马亮不明白照片跟还自己盒子有什么关系。但从小孩凌乱破碎的话语中，马亮了解到，小孩跟爷爷奶奶住在城南的垃圾回收站里，爷爷奶奶根本就不管他，穿国王披风的小胖子经常带着一群小孩去欺负他，他不听话就会挨一顿揍，盒子也是小胖子怂恿他去偷的，他不愿意，可他更不想挨打，在逃跑途中，盒子被他弄丢了……

原来都一样，不听话就要被打。

"我去找了好几天，后来在水沟里找到的，我看到哥哥和爸爸妈妈的照片，我想照片丢了，哥哥肯定很难过，我就还给你了。"小孩的话刺痛了马亮，尤其是说到照片的时候。小孩继续说着，像在说给他自己听："轩轩也想爸爸妈妈，可是我都没有爸爸妈妈的照片。"

"你叫轩轩？"

"嗯。"

马亮明白了，叫轩轩的这个男孩，也许和自己一样在等着，等一个叫爸爸、一个叫妈妈的人出现。

他得到了答案,转身要走,但是轩轩追着问道:"哥哥,你爸爸妈妈什么时候来找你呀?"

"我没有妈妈。"

"那你爸爸呢?"

马亮没有回答,快速地逃开了。这次,小孩没再继续跟着他。

马亮回到家,把酒扔在地上,他现在完全没有想去喝的冲动。轩轩的出现,仿佛在提醒马亮一些事情,一些他几乎忘记的事情。他在自己窄小的屋子里徘徊,轩轩问他的话一直盘旋在他心头。

那你爸爸呢?那你爸爸呢?那你爸爸呢?……

被小胖子他们撕毁的日历,已被马亮重新粘好,往后好多页上,他画的那个标记依然清晰可见。在这个城市漂泊久了,被欺负久了,马亮似乎都忘记了自己还有一件事要去完成。他的心里重新燃起希望。他不禁想,轩轩真的是老天特意派来的天使,让他找到了一丝继续活下去的理由。

马亮找出铁盒子,他曾经无数次不敢翻开的那张照片躺在里面。终于,他鼓足勇气,翻开。

照片上有三个人:爸爸、妈妈和马亮。妈妈的脸被人用笔涂黑了——那个人肯定恨死妈妈了。而爸爸脸上有明显的水渍，也模糊得看不清了。唯有马亮脸上的笑容，依旧灿烂。

　　豆大的泪珠从马亮脸颊滚落，他很想回答轩轩的问题："我爸爸在等我，我也在等我爸爸。"

第二章　过往

2014年，蓉城城郊。

这个时候的马亮稚气未脱，长相俊秀，鼻子下面还留着一撮小胡子。虽然马亮出生在北方，是地道的北方人，但比同龄人更白一些，这一点更随生在水乡的妈妈。

马亮跟着一群人穿梭在拥挤的麻将屋、超市或者市场中，熟练地顺走路人的手机、钱包，又或者装作打架斗殴把超市老板引出店，相互配合着偷走收银台里的现金。

灰头土脸是他们最好的伪装，如果被抓了，他们就装可怜，最小的孩子会说自己饿得不行了，扑通一声跪地磕头求饶。他们可不会在乎脸面，头磕得咚咚作响。大多数时候，他们也只是挨几句骂就被放走了。

一行五个男孩，十八岁左右的年纪，马亮不是最小的，却是最晚加入的。

几经辗转第一次来到蓉城时，马亮从老家带来的钱已经花完了，他饥肠辘辘又不好意思四处讨要，就在小饭馆门口等着吃别人剩下的饭。当时，他们的领头，也就是个子最高、年纪最大的壮哥，正带着三个小弟在饭馆喝啤酒、撸串，看到马亮在吃别人剩下的饭菜，出于"江湖道义"，就给了他一把烤得焦香的羊肉小串。从此之后，马亮就跟着壮哥他们混了，他确实也没别的地方可去。

他们住在蓉城郊区的一个城中村，这里混乱、破旧，是外来务工人员的首选，也是城市低收入者的大本营。绝大多数建筑都是违建的，邻里相互铆着劲地私搭乱建，挤压、霸占着原本就逼仄的通道，以至于连一条正常的路都没有。行人需要穿过迷宫一样的羊肠巷道，才能走到热闹一点的地方。

很多房子外面挂着旅馆的牌子，实质上只是无人打扫的出租屋。这五个男生就挤在这样的一间房里。小小的屋子里乌烟瘴气的，只有一张床，四个男孩子围在一起吵吵闹闹地打牌，嘴里叼着烟，骂着粗口，还抽出一只手抠着脚。马亮则戴着耳机，手里握着一个很破的手机，循环听着周杰伦不同时期的歌曲。他刚加入这个小团体没多久，在其中显得有些格格不入。

壮哥身形高大，脸上胡子拉碴的，输完最后一点钱，把牌一摔就不玩了。看到赢了钱笑嘻嘻的老幺，壮哥气不打一处来，飞起一脚踢在他身上，老幺踉跄着退出去好远。

壮哥说，光靠偷，来钱慢，想玩点大的。其他三个人里只有老幺有些迟疑，但碍于刚挨了一脚，不太敢表示异议，只是问被抓到了怎么办。

壮哥却只是说："弄车赚得快，没几次就能住进五星级酒店，天天下馆子，喝好酒，还可以去夜店。"

壮哥说得很笃定，这对饥一顿饱一顿的三个男孩来说，绝对是难以抵挡的诱惑，很快他们四人就达成了一致。壮哥看马亮不说话，拿脚踢了踢他，问他是什么意见。

马亮自然不太愿意，可一张嘴，话还没说出来，就被壮哥骂作尿货，他也就索性闭嘴，什么都不说了。

壮哥一本正经地说："丑话说在前头，这是有风险的事，不管谁被抓，其他人都不能跑，大家同甘苦共患难，同进退共生死。"这话显然是说给马亮听的。

凌晨破晓时分，偷东西最容易成功，因为人睡得沉。

蓉城以烟火气闻名全国，大街小巷到处都是饭店，从早到深夜都不停歇。此时，已经有环卫工人在清扫街道，一些早餐店也亮起了灯,整个蓉城就是在这星星点点的光亮中慢慢苏醒的。

壮哥早早地踩好了点,他们要趁着太阳还没升起来,赶紧把东西弄到手。五个人穿梭在城郊的巷子和街道里,他们已经翻过了数条主路,还要再穿过一座桥才能到达目标地点。

他们在早晨湿冷的空气中一路小跑,很快眉毛上就挂满了细密的水珠。在桥上跑着跑着,马亮突然停了下来,他看到了大桥旁边的一个小区,外观布局都很普通,却和他记在心里的画面几乎一致。

那年暑假,还在读初中的马亮离家出走,无论家里怎么给他打电话,他都不愿意回去。最初,他对爸爸说,找到妈妈,他就回去。他埋怨爸爸没留住妈妈,暗自发誓,一定会把妈妈带回家,重新把他们的家组建起来。

在外面的这些年,一开始爸爸还会给他寄一些钱,可是时间久了,妈妈没找到,爸爸也不再管他,后面还失去了联系。马亮觉得爸爸是因为生自己的气,才不愿意管自己,也许找到了妈妈,爸爸就不会生气了吧。

马亮倔强地坚持寻找着,偶然间,他找到了一张妈妈在蓉城拍的照片,于是带着有限的现金,奔赴千里来到了蓉城。但是蓉城很大,要找一个人谈何容易,到现在为止,他还毫无进展。

小区周围黑乎乎的，只有一两户人家亮着灯。马亮直勾勾地盯着角落里的一处房子——那张照片的背景应该就是这里。

壮哥从后面甩了他一巴掌，把他从幻想中拍醒。这个时候马亮才发现，眼前的小区似乎变了一个样子，和刚才他脑海里想的画面并不一样，只是也在桥边而已。

五个人来到一个高档小区外，因为建得比较早，小区内规划的停车位不够，业主们只能将车一一排开，停在小区外面，远远看去，像是一条长龙。壮哥觉得，能住在这样的高档小区的人，他们的车里必然有贵重的东西。

他递给马亮一把大扳手。显然，壮哥不懂什么开锁技术，他四肢发达，只能想出来这种简单粗暴的办法。几个人开始摸索着寻找下手的目标。

马亮并没有真正接受壮哥砸车搞钱的提议，他跟着壮哥并不是为了搞钱，能有一口饭吃，能有地方睡觉，就足够了。因此，马亮没有像他们那样主动地去寻找目标，而是站在停车场边缘处，装作一副在找车的样子。也算是在望风吧，他想。他一边盯着周围可能会有人经过的路口，一边看着他们动手。

判断是豪车与否，看的是车标，最好是找停在角落里的豪车。这几个人显然没有什么经验，眼瞅着天就要亮了，一辆车也没有锁定。壮哥性格急躁，不管眼前的车里有没有东西，直接上手砸破了一辆车的车窗。

汽车报警器突然响起，这出乎他们的意料，有人惊慌失措，有人拔腿就跑。但是壮哥不甘心，好不容易砸开了车，不能空手而归，他探进车里去找能顺手带走的东西。在保安赶来之前，他真的找到了一块手表，而后逃之夭夭。

事后，马亮被壮哥揍了一顿。壮哥把这次失败归咎于马亮，虽然整件事和马亮没关系。他第一次真切地感受到被排挤、被攻击的可怕。壮哥打人从来都不留情，要不是那几个人害怕马亮被打死而劝阻他，他肯定不收手。马亮忍受着，不哭不喊，一直等到壮哥发泄完怒气，才用水洗掉身上的血迹和泥水，装作什么都没发生的样子。

他们就这么开始了砸车盗窃的勾当。

马亮始终都很排斥这件事，壮哥不满，但他发现马亮总能先于他们感知到危险，久而久之便不再强求马亮必须动手，只让他帮他们望风。他们赚的钱多了，马亮分到的钱却很少，但他心里记挂着别的事，对此并没有什么怨言。

事情做得多了，壮哥愈发胆大贪心。他喜欢去大饭店消费，但是仅靠转卖几块手表、几条香烟换来的钱，远不足以让他玩尽兴。

壮哥迷恋上了城中村的一个姐姐。那个姐姐身材丰腴，留着飘逸的长发，比他大了十岁不止。壮哥每次得了钱，都要去姐姐的店里洗头发。那个姐姐说家里需要钱，壮哥就想干一票大的，帮姐姐一把。

他花了很长时间，发现有个老板车里的副驾驶座上有一整套定制的工夫茶茶具，茶具中央，摆着一座巨大的黄金关公雕像。壮哥说，这个关公雕像至少值一万块钱，帮姐姐家解决完难处，剩下的钱他们几个分。

一如往常，马亮望风，其他四个人配合着砸车偷东西。老板的车窗倒是容易碎开，壮哥抡几下扳手就搞定了，可关公雕像镶嵌在茶具底座上，并不容易被扣下来，壮哥使尽全力也没有得手。

壮哥气急败坏，又试图撬开车门，连着茶具底座一起带走。他们的动静太大了，惊动了周围的人，马亮喊着壮哥他们赶紧走，壮哥红了眼，对马亮的提醒充耳不闻，其他三个人看到壮哥像疯了一样，撒腿就跑，很快就不见了踪影。马亮所处的位置最便于逃跑，可他跑出去几步，扭头看到壮哥还在跟车里的东西较劲，又鬼使神差地折回来，想把壮哥拽走。

但一切已经迟了，周围的人循声而来，马亮和壮哥很快就被围堵住。其他三人也很快落网。

在警察局里，马亮按照他们之前商量好的说法应付着审讯，他编造了自己的身份、经历，不透露任何有效信息给警察，同时绝口不提和其他几个人认识。

审讯他的警察一眼就看出马亮在说谎。因为马亮说话时眼神飘忽不定，总是四处观望。从被抓的那一刻开始，马亮眼睛里的光就灭了。他原本长了一双大眼睛，不管白天还是晚上，都是亮晶晶的，此刻，这双眼睛黯淡无光。马亮已经猜测到自己摊上大事了，他的人生要被按下暂停键，这意味着，他的未来也更加晦暗不明……

马亮只知道壮哥被抓了，并不清楚其他几个人有没有被抓，所以不管警察怎么问，他都坚持说着自己编好的理由。第三次审讯的时候，警察没有重复之前的问题，而是告诉马亮，其他四人一致承认他是盗窃事件的主谋。

马亮这才知道，另外四个人背着他统一了另一套口径，一旦出事，就把所有责任都推到他身上。他没有暴躁，也没有伤心，只是默默地揽下了所有罪责。他没有告诉警察自己的家在哪里、父母是谁，坚持说自己是孤儿。

警察自然不相信，很快就查到了马亮的真实身份和家庭地址，可是联系不到任何和他有关系的亲属来接他。依照法律法规，马亮被判定为盗窃未遂罪，因未造成重大财产损失，且尚未成年，最后被送进少管所进行为期半年的教育管治。

从此，马亮再也没有见到过其他四个人。

马亮在少管所里待了整整半年才被放了出来。很多少年犯在里面如果表现得好，是可以提前出来的，但是马亮并没有很配合。严格来说，他不是不配合，而是不理会，不理会任何让他变好的机会。

在少管所里，他经常一个人望着监室里一条细小的窗缝发呆，透过这条缝隙看着远处的河流，没人知道他在想什么。

每隔一段时间，少管所会安排心理辅导师和这些孩子谈话，了解他们的过往，寻找让他们走出心理困境的方法。但马亮都是拒绝交流的，心理辅导师在马亮的报告上写着："疑似双相情感障碍症。"虽然没有很配合教育和心理辅导，马亮也从来不惹事，所以时间就像他经常看的那条河一样，很快就从身边溜走了。一转眼，就到了他要出去的日子。

除了那个破手机，马亮走出少管所的时候，身上什么都没有。给他办理手续的警察询问他有没有去处，马亮摇头。他不知道自己应该去哪里，半年过去了，认识他的人和他认识的人似乎都把他给忘记了。

警察给马亮开了身份证明，给他买了回原籍老家的火车票，还给了他一点钱，叮嘱他回家之后，到当地的派出所把身份证补办一下；如果找不到自己的家人，就投靠亲戚，不要再做错事了。马亮都听了，但没有记在心里。

离开蓉城之前，马亮又去了他们五个人曾经待过的出租屋，而里面的人已经变成了一对进城务工的夫妻，再没有他们五个人曾经存在过的痕迹。

马亮在少管所里得知他们很快就被释放了，只有自己在里面待了整整半年。他来找他们，并不是为了报复或者要跟他们告别，只是自己被背叛的事情半年来一直盘旋在脑海里、哽在心里，他想不明白为什么，所以想当面问问他们。

马亮在城中村里转了一圈又一圈，又像之前那样从麻将屋、超市和菜市场顺走了一些财物。在去火车站的路上又经过了那座大桥，他停下来，看向旁边的房子。这里像不像照片里的房子，已经不重要了，这仿佛只是他做的一场梦。

马亮踏上去往北方老家的火车，下车换乘大巴，六七个小时后，他在一处高速路口下了车。接下来，他走下高速，在路边搭上去往林县的城乡公交，下了公交还要步行一段距离，不过，马亮蹭了辆回家的三轮车，一路上晃晃悠悠的，到村口时已经傍晚了。

他驻足观望了一会儿。这里地处黄土高原边缘，虽不至于说是寸草不生，但确实是十分贫穷落后。整个村子建在土坡的高处，房子稀稀疏疏地散落在不同的地方，看惯了大城市的繁华，村里的光景是那么陌生，即便这是他自小长大的地方。村里能出去的人都走了，留下来的要么是老人，要么就是穷人。

回到家，房前长满了荒草，显然已经许久没人回来住了，他尝试着打了几个电话，都没人接听，警察说得没错，他家里的人都失去了联系。一旁的邻居没有认出马亮，看到他站在门口，就跟他搭话：这家人很奇葩，女主人为人随便，受不了穷，扔下一家老小，跟别人跑了。

马亮接着邻居的话问道："跑了？去哪儿了？"

"那谁知道？听说去四川了。"

嚼舌根的邻居还生怕别人听见，突然压低声音，靠近马亮说："有人说，去干'那个'了……"说着做了一个猥琐的姿势，他没有看到马亮已经开始面露凶相，"扔下男人自己享福去了。家里还有个小的，从小就在外面混，听说什么烂事都干。前段时间还有警察来问，说杀人进去了。"他说的是马亮。

马亮问："这家男人呢？"

"出去打工，说是老板拖欠工钱，把老板的腿打断了，也进去了。"

这时,邻家女主人的声音传来,叫男人快点回家吃饭,他临走还不忘跟马亮说:"这里晦气,赶紧走。"

锅里的煮红薯冒着热气,邻居一家满心欢喜地摆着盘。而马亮拿着一块大石头,穿过院子,径直进了厨房。他面带微笑,样子却让人害怕。邻居还没反应过来,石头就进了锅。

之后,马亮回到家,找出了一张照片,是自己小时候和爸爸妈妈唯一的合影。他和爸爸都笑得很灿烂,妈妈的脸却黑乎乎的。妈妈离开那天,他非常气愤,一气之下涂黑了妈妈的脸。他把照片揣在衣服最里层,头也不回地走了。

这里再也没有什么值得他留恋的东西了。

在镇上的派出所,马亮得知邻居说的都是真的,他爸爸打伤了别人的腿,正在江州市监狱服刑,刑期三年。

三年。要等三年吗?在哪里等呢?马亮快速地幻想了无数可能,似乎哪一个都没那么现实。眼下,他无家可归,也无处投靠,看着派出所门口不知通向哪里的窄窄街道,马亮迷茫起来。该往哪里去呢?

路过一个小卖部时,马亮想买点吃的,吃饱了再考虑未来的事。小卖部墙上贴着的一张海报吸引了他的注意力——2016

年 7 月，周杰伦要在北京五棵松体育馆举办演唱会。他突然觉得耳边响起了那些他熟悉的旋律，是它们在他最难熬的时光里始终陪伴着自己，让自己坚持走下去。

马亮原本没有任何活力的眼睛里闪过一丝光亮——他知道自己要去哪里了。

马亮没有办身份证，他不希望自己的名字和那个无人问津的地址出现在同一个地方。那里已经不再是他的家了。但没有身份证就没办法买车票，不过，这难不倒马亮，常年在外奔波，他早已习得一套自己的生活逻辑。

马亮先查了去北京的车次和发车时间。从林县去北京只有绿皮火车，林县火车站比较老，他顺着铁道找到了其他入口，钻进去爬上月台，再偷偷溜进开往北京的火车。

这趟火车开得慢，停靠的站点也多，但好在车厢里不时会有座位空出来。马亮每天穿梭在绿皮车厢里，尽力躲避着查票的列车员，一遇到没人的位置就一屁股坐下去睡觉；如果实在躲不开列车员，他索性装死装睡，任凭怎么叫都不理会。

到北京的那一天，正好是周杰伦演唱会的最后一天。

北京太大了，一出火车站，马亮就迷路了。在他看来，蓉城就已经很大了，没想到这世上还有比蓉城更大的地方。马亮只能四处询问路人，奈何他身上都是馊味，屡屡碰壁，兜转了很久，他才终于知道，五棵松体育馆在长安街西面。

"沿着长安街一路向西就能走到。"有好心人告诉马亮。

顺着路人指的方向，他瘦小的身影沿长安大街一路向西，时而小跑，时而欢呼雀跃着疯狂疾驰，时而停下来慢走。实际上，北京站距离五棵松体育馆很远，这一点，马亮并不知道。暮色降临，天一点点地变黑，直到黑透了，马亮也没有看到体育馆的影子。他筋疲力尽，双腿像石化了一样，一步也走不动了。

马亮坐下来看着长安街上的车水马龙，失落感一点点消散之后，他被一股力量驱使着重新出发，终于，他听到了周杰伦的歌声。在有限的人生经验里，马亮并不知道看演唱会需要提前买票。尽管到五棵松体育中心时，演唱会已经接近尾声，黄牛手里的门票依然贵得令人咋舌。马亮觉得，花那么多钱买票不值得，况且他也没钱。

《稻香》的前奏从体育馆里传了出来，飘扬在头顶的夜空里。马亮抬头，惊喜无比，开心地跟黄牛说："在这里我也能听到他唱歌！"

马亮跟着唱起歌，而在黄牛眼里，这个男孩八成精神出了问题，不过马亮不在乎。

对这个世界如果你有太多的抱怨

跌倒了就不敢继续往前走

为什么人要这么的脆弱堕落

…………

711便利店门口的电视机里重播着周杰伦演唱会的画面，《稻香》的歌词还在马亮心头跳着舞，他哼唱着，时而跟着音乐节奏舞动手臂。

店员正在处理当日过期的食品，一个头发长长的流浪汉走上前来，问可不可以把这些东西给他。店员迟疑了一瞬，回头找了一个塑料袋，装了满满一包递给他，流浪汉连连说着感谢。

马亮也学着伸手要吃的，看到突然伸出来的一只手，店员吓得猛一抬头，对上了马亮挂着假笑、脏兮兮的脸。店员说没有了，东西都给流浪汉了。马亮饿得肚子咕咕叫，店员不忍心，就给了流浪汉一个眼神，流浪汉却提着塑料袋走了。店员看马亮可怜，自己掏腰包给他买了一个饭团。

马亮带着饭团走进体育馆附近的一个地下通道。外面很热，通道里凉风习习，很舒服，到处都是被塑料布包起来的行李，他走近了看，里面都是被子、褥子和衣服，甚至还有洗脸盆、牙刷这样的生活用品。这些都是在北京流浪的人的行李，白天他们出去乞讨、拾荒或者卖艺,晚上就在这里过夜。

他在其中一个没人看管的行李上坐下,开始吃饭团。斜对面是一个流浪歌手,碰巧是刚才向便利店店员乞食且不分食物给他的那个人。马亮吃着饭团,眼睛细细打量着他,试图去读懂他先前为什么那么"绝情"。

歌手留着长长的胡子和头发,几乎盖住了整张脸,看不到眼睛,也看不到表情。他就带着一把吉他、一个音响,那一塑料袋食物就放在吉他盒子里。此时此刻,他正唱着周杰伦的歌,偶尔会有过往的行人往吉他盒子里放上一两个硬币。

马亮觉得他唱得一般,甚至有些跑调,除了会弹吉他,比自己强不了多少。

流浪歌手唱累了,蹲下来开始数零钱。马亮嘲笑他:"你卖唱就赚这么点,不会饿死吗?"

看到在便利店遇到的邋遢小孩在嘲笑自己,起初,流浪歌手以为他是故意来找碴的,收拾东西就要走,但又觉得他或许并没有恶意。

马亮说:"周杰伦要是知道你唱成这样,肯定很生气。"

流浪歌手是马亮在北京认识的第一个,也许是唯一一个朋友,至少他自己这么认为。马亮没有计较他不分东西给自己的事,毕竟每个人都得让自己生存下去。

流浪歌手跟马亮说，他高中毕业就想读音乐学院，但考了四年都没有结果，家里人给他下了最后通牒，要他去读普通的大学，他一气之下就带着吉他离家出走了。

马亮问流浪歌手为什么流浪。歌手说自己不缺钱，出来只是为了自由，寻找创作灵感。

对此，马亮不理解。

流浪歌手却说，音乐这个东西来自生活，他希望自己能够走遍一百个城市，写出一百首歌，哪怕有十分之一也好，这样，他就能出专辑了。

看着流浪歌手自信的样子，马亮突然觉得，歌手尽管比自己大很多，但十分幼稚，他把世界想象得过于简单了，他唱得这么难听，怎么可能会有人帮他出专辑呢？

歌手问马亮："为什么来北京？为什么不回家？"

马亮一时间不知道怎么回答，磕磕巴巴了许久才说："我是孤儿，没有家。反正也不会有人来找我的。"

流浪歌手又问："以后想做点什么？"

马亮想到了周杰伦的演唱会，说："我也想唱歌，做歌手。"但他知道这个想法有点荒唐。

流浪歌手掏出吉他："我弹你唱。"

马亮唱了《稻香》，出乎流浪歌手意外，他唱得很不错，也很投入。歌声在地下通道里产生了混响,又飘去外面的世界。

  两个人做伴,总比自己独行好。流浪歌手教马亮弹吉他,教他用音响,教他写歌。马亮没学过这些,但有一点天赋,所以学得很快,甚至偶尔可以和流浪歌手搭伴卖唱,收入也会比之前流浪歌手独唱多一点。大多数时候,两个人待在地下通道里聊天,不在乎路过的行人们奇怪的眼光;他们一起去便利店讨过期的食物,然后边吃边喝边聊,边畅想未来。

  但和流浪歌手一起生活的这段时间,马亮并没有完全付出真心。从少管所出来之后,他就不再信任任何人,所以他一直在伪装自己,让对方觉得他是一个真诚的人。

  卖唱是一件有趣的事情,马亮发现了新的谋生路子,所以在学会怎么使用音响、怎么卖唱之后,他就将心里盘算着的事付诸实践了。

  早晨,流浪歌手醒来发现,自己的音响和攒的零钱都没了,马亮也不见了踪影,但是吉他没丢。他怎么都想不到,昨天那个脸上稚气未脱的少年,竟做得出这样的事。

  马亮突然化身流浪歌手,在一处人流涌动的商业区亮相。

  那是北京最红火的商业区,不乏奢侈品大牌,满是各种年轻人爱逛的店铺，对街头艺人的接纳度很高，所以马亮把"首演"地点选在了这里。

第一次面对这么多人，虽然做了很多心理建设，但是站定之后，他还是显得极其慌乱、不自然。他把音响放好，确认手机接上了蓝牙，却因为过度紧张，将掏出的话筒掉在了地上。音响发出巨大的嗡鸣声，把周围的人都给吓到了。

所有人的目光都朝着他投射过来，马亮几乎像雕塑一样僵住，不知道要怎么应对。他只感觉到自己的心脏快要从嘴里蹦出来了。在所有人的注视下，马亮深吸一口气，拉着音响，逃离了现场。

首演失败了，但马亮并没有气馁，他穿梭在北京的各个商圈之间，观察学习别人是怎么做的。北京这么大，他总有办法维持着自己的生活。

马亮是聪明的，很快就熟练起来，他唱得很好，又放得开。他还去澡堂子给自己洗了澡，整个人焕然一新，要不是搓澡的师傅说，他都没意识到自己长得还不错。他依然穿着从老家带来的衣服，但是土里土气的衣着掩盖不了阳光帅气的脸庞，这种强烈的反差，反而成了他的优势。

马亮赚得比流浪歌手多多了。他可以光明正大地去超市买东西。没有身份证，住不了旅馆，他就在网吧里待上一整天或者一整夜。马亮的生活像是变了一种形态，更快乐了。当攒够两万块钱的时候，他决定不再唱歌了。

他在手机里翻出了妈妈曾经的照片，他还是想再回到蓉城去。他离开家就是为了找到妈妈，重新组建起自己的家。爸爸已经放弃了，他知道。他说去找妈妈的时候，爸爸抽着旱烟，痛骂着妈妈，痛骂着他，那一刻他知道爸爸是不会去找妈妈的。所以这件事，只有他来做。

算着爸爸出狱的日子，他还想，有了这一笔钱，妈妈也许就会回来。

有钱之后，马亮在网吧里多少有一些引人注目。他在网吧里包了一个包厢，买吃的喝的时出手也大方。他对钱没什么概念，网吧老板说多少就是多少，也没想过藏着掖着，几乎整个网吧的人都知道了他身上揣着钱。他那么张扬，让有些人看着不爽，他很快就被在这周围混的一群人盯上了。

按照马亮的计划，再过几天，他就要回蓉城了，这几天他都泡在网吧里，玩游戏、看电影、听音乐、睡大觉，好不自在。

临走前那晚，马亮玩够了游戏，准备去上厕所，忽然看到一个十岁左右的小孩蹲在他包厢的门口，脏兮兮的，一眼看上去就知道是流浪的小孩。

马亮一开始没注意他，上完厕所回来继续玩游戏。他吃薯片的时候看到那个小孩在包厢门口偷瞄他，还咽着口水，看起来是饿了，他心一软，就把薯片袋子递给了小孩，小孩顺势进了包厢。马亮玩累了，把电脑让给小孩，自己在隔壁的沙发上睡觉。

马亮最近爱做梦，他决定回蓉城也是因为他总是梦到妈妈。就在自己家的门口，妈妈面对绵延不绝的黄土，背对着自己，快速地消失在天际。马亮在她背后追呀追呀，始终追不到妈妈的背影……然后他就会哭着醒来。马亮又一次从睡梦中哭醒，那个小孩不见了，紧接着，他发现装钱的口袋空空如也——钱都被那个小孩偷走了。

那些看他不顺眼的混混在外面看热闹，看着马亮在包厢里翻箱倒柜地找东西。电脑都快被掀翻了的时候，老板过来阻止了他。老板向马亮要网费，马亮说自己都是包天的，为什么还没到时间就要再收钱？老板不回应，坚持说不给就走人。

马亮很恼火，看着老板的表情，他明白了，也许自己丢钱的事跟他脱离不了干系。马亮指着老板的脸说，是他让人偷了他的钱，快把钱还回来，不然他就大闹网吧。

老板也不是吃素的，皮笑肉不笑地跟马亮说，没证据不要乱污蔑人。马亮情绪失控，恨不得瞬间就把网吧给炸了。老板不近人情地吼道:"快点收拾东西滚,不然我就报警了!"

"报警"两个字,镇住了马亮。他没有身份证,如果警察来了,自己的处境只会更麻烦。他突然冷静下来,闭嘴不说话,任由老板把他赶出了网吧。

马亮浑身上下只剩下那个偷来的音响,一切又回到了原点。

一切都可以重来,马亮这么想。他还有时间,还可以继续赚钱,赚到钱,他就可以去江州等爸爸,再去蓉城找妈妈,还是会有一个他想要的家。

可是站在大街上的时候,他却没有力气打开音响,张开嘴。仿佛这几个月他把一辈子想要做的仅有的快乐的事情都做完了,他不想唱歌了。

只要一闭眼,他就会看到那个偷自己钱的小孩、凶神恶煞的网吧老板、嚼舌根的邻居,还有出卖了自己的壮哥,似乎这些人的影像被刻在了脑子里。他必须得离开了。

马亮去到曾经唱歌的地下通道,他准备卖掉从流浪歌手那里偷来的音响。他记得流浪歌手告诉过他,音响价值好几千块钱。卖掉音响,他就有钱踏上随便一趟火车,可以离开北京,回到蓉城去,去验证住在桥边的那个房子里的人是不是妈妈。

没有人关注他的音响,最后前来询问的是网吧里的那几个混混。他们就着价钱的问题,故意在马亮面前争执,吵闹不休。

马亮看出来了，他们并不想买音响，而是来羞辱自己的。

吵着吵着，他们真的打起来了，并且把马亮团团围住，兴奋不已地看着马亮惊恐害怕的表情。他们想抢走音响，马亮却死死拽着不愿意松手。突然有人捞起一根棍子，狠狠地打在马亮的头上，随后，他们丢下马亮就跑得不见人影了。

马亮躺在地上，觉得头蒙蒙的，伤虽不致命，却流了很多血。一开始他没觉得有多痛，后来却钻心地疼。他擦掉脸上的血，却没办法处理头上的伤口。他双腿发软，试了好几次都没能站起来，最后索性坐在原地。

记忆像狂风暴雨一样袭来，塞满了他整个脑袋。马亮甚至都不知道这些记忆具体是什么，只觉得一团乱麻在大脑中飞舞，找不到头找不到尾，让他恶心想吐。

十一月的北京已经很冷了，不知道是不是老天故意的，偏偏在这个时候下起了雨，冰冷的雨使得气温骤降，身边所有东西似乎都被冻住了。马亮感觉到自己浑身都在慢慢地变冷，只剩下心脏还在怦怦跳动。

马亮在地下通道里坐了很久，具体多久他不知道，一直等到血不流，自己能够站起来了，他才扶着墙勉强地走出了地下通道。

外面竟然已经那么冷了，他记得树叶是绿色的，怎么就坐了一会儿，树叶都没了呢？

失血，寒冷，饥饿，马亮在北京的大街上硬生生坚持了两天，直到发烧昏倒。

梦境里，他看到了一些人，那些人的面容都是模糊不清的，他看不到脸。马亮觉得那些人是自己的亲人。粗鲁没文化的爸爸、飘忽不定的妈妈，马亮喊着他们，但是没有人回应。然后他听到有人在喊自己的名字。马亮看到那个头发胡子都很长的流浪歌手坐在自己身边，他没有计较马亮偷走了他的音响，只骂了他几句，就开始耐心地喂自己喝热水。可马亮一直觉得喝不够，越喝越渴，他张大嘴不断地要喝水，可就是不够。

直到他再次醒过来。没有流浪歌手，没有人喂他喝水，一切都是他的梦而已。马亮靠着自己仅剩的一点意志力，在一个堆着垃圾的角落里，支撑着退了烧。

遍地积雪，一片绝望。

马亮大口吃着雪，雪在嘴里化成水，缓解了口渴，也让他清醒了一些。他没有哭，只是对周遭的一切彻底失去了期待。他眼睛里亮起的那一丝光，又灭了。

第三章　结伴

马亮抛掉绝望，也不再去想曾经想在大雪天醉酒寻死的事，他找到了一个目标，虽然不是新的，但至少给了自己继续留下来的理由。

也许自己真的可以在江州重新开始生活，至少等到爸爸出狱，他们就可以重新回家。回家，这两个字从他离开北京之后，就很少在脑海里出现了。他总是会想到在北京或难受或痛苦的遭遇。他很难相信他人，所以变得离群索居，变得沉默寡言，时时留心着周围的一切，生怕哪个角落里会冲出人来伤害自己。一旦受到伤害，他就会变得邋遢，变成流浪汉的模样，这样绝大部分人会对他唯恐避之不及，不会伤害他。

他得活着。他能选择的生存手段也不多，曾经基本是靠捡垃圾卖钱维生，但这样肯定是不够的。他想在爸爸出狱之前攒点钱，这样他们回家途中可以吃得好一点，所以不管什么活儿，他都尝试着去干。

在人群涌动的菜市场，他顺走买菜的胖阿姨的钱包。钱包鼓囊囊的，但里面都是银行卡和身份证件，只有少量现金，因为现在很多人都习惯了移动支付。马亮把现金拿走，把钱包随手扔在了地上，可是他又扭头回来，把钱包神不知鬼不觉地放回胖阿姨的菜篮子里。

马亮把从正在拆迁的工地上拆出来的破铜烂铁，还有一些全新钢材，放在废品回收站的秤上，站点老板拣出里面的水泥坨子扔掉，默不作声地数钱给马亮。

进城务短工的人常常会聚在富民里附近找活儿干，周围的店面急需装修工或者卸货工的时候，就会来这儿挑上几个人，不用看身份证，按天按次结钱。以往马亮觉得这些跟自己无关，但看到一天可以赚到两百块钱，他就开始和其他人一样，嘴里嚼着包子，一看到来招工的人就冲上去。

在其他人因为工钱太少而摇头放弃时，瘦小的马亮依然坚持争取着，招工的人没的选，只能将就着雇用他。活儿很简单，就是把袋装的大豆从卡车上卸下来，再搬到店铺仓库，不过几十米远的距离，可还是超出了马亮可承受的范围。他颤颤巍巍地背起一麻袋大豆,像傻子一样咬牙坚持着。

不知道是不是缘分使然,马亮总是在各种地方遇到轩轩,就是那个和他一样脏兮兮的小孩。不管是在菜市场,还是广场,又或者是在危险的江边、无人敢进去的烂尾楼,他都能看到轩轩像只小老鼠一样钻来钻去。

有时,在菜市场,穿过人群追着一个掉在地上滚得老远的苹果跑的轩轩,会撞到正在行窃的马亮;有时,轩轩会驻足观望扛着麻袋干活儿的马亮;在某个路边摊,轩轩会看到马亮故意弄倒货摊,在装作帮忙捡东西的间隙顺走摊主盒子里的钱……

马亮也开始关注轩轩在做什么。那个穿着国王披风的小胖子还是会欺负轩轩,往轩轩身上泼水,或者把轩轩捡到的好东西拿走。他会在垃圾站遇到来卖瓶子的轩轩,收垃圾的人一个一个地数,轩轩在旁边也跟着一个一个地数。

他俩就这样屡屡相遇,但都没有主动靠近彼此。

马亮决定留在江州,所以他必须面对的事情就是赵老大的威胁。想了很久,马亮还是决定与危险共生。他主动来到赵老大经常打麻将的地方——外面看上去是一个普通的麻将屋,但其实是赵老大做那些见不得人的事的大本营。不管什么时候,屋子里都有十几桌麻将开玩,常年乌烟瘴气的,即便是大白天,进了屋也很难看得清谁是谁。

赵老大坐在角落里,正跟别人打麻将。他看上去是个和蔼的人,年纪没有多大,头发略微发白,甚至为了造型,特意漂白了额头上的一撮头发,看上去特别像漫画里的老师傅。但是显然大家都惧怕他,一言不发地站在他背后。

马亮是被毛哥带过来的。染着五颜六色头发的毛哥,一边嚼槟榔一边咳嗽,咳得唾沫星子乱飞。赵老大擦了擦脸,一脸嫌弃:"生病了就去医院,知道吗?"

"我没事,天冷。"毛哥竭力地忍着咳嗽。

赵老大碰了一张牌,慢条斯理地跟桌子旁的其他人说:"最近你们的收成都不行啊。"

打麻将的看起来不是什么牌友,而是赵老大的手下。听赵老大这么一说,他们都不敢说话了,连牌都不敢打,暗中观察着赵老大的情绪。赵老大却不理会他们怎么想,气定神闲地从下一家手里拿出要打却不敢打的牌,得意地说:"哎哟,你看,多巧,你点炮。"

马亮从兜里掏出一些钱,零零碎碎的,不知道要不要递给赵老大:"赵老大,我不知道那是你的货。这是我最近攒的一点钱,先还给你。"

毛哥替赵老大接了过去。赵老大看都没看一眼就说:

"够吗？"

毛哥数着零钱，许是有点着急，没忍住咳嗽，手一抖，钱掉了一地，于是连忙弯下腰去捡。赵老大抬头看马亮一眼，又摸了一张牌，却迟迟不打，这个动作让马亮欲言又止。

"钱不够，就想办法赶紧还。你胆子这么大，肯定赚钱的能耐也不小。"赵老大话里有话，看到马亮没回应，又说，"你有别的想法？"

马亮连忙怯懦地摇头。赵老大亮了牌——自摸清一色，他心情大好，对毛哥耳语了几句，示意他去安排马亮。毛哥示意马亮跟自己走。

楼下没人，毛哥吐掉槟榔渣，点了一根烟，看到马亮很紧张地抠着手指上的倒刺，就递了一根烟给他。马亮摇摇头，说自己不会抽烟。

毛哥把赵老大刚刚说的话转述给马亮。凑钱，有两个途径：一个是偷，满大街每个人身上都是钱，只要马亮机灵，两万块钱很容易就凑齐了；第二个是卖，把赵老大的货送出去，每送一单他都有钱分，攒够了就还给赵老大。

毛哥说的偷肯定和自己理解的不一样，马亮不知道具体要做什么，但肯定比自己现在仅为了维持生存的小偷小摸严重得多，他想拒绝。

毛哥早知道马亮会这么想，拿烟头指着他的眼睛，几乎要戳上他的眼珠，说："拿手机和你去超市顺吃的，都叫偷。你没的选啊，聪明点，做了把钱还了就赶紧走，走得越远越好。"

马亮明白，毛哥所说的是威胁，也是告诫。

在一栋二十七层高的住宅楼的楼顶，坐着一个意欲跳楼的学生，他穿着校服，双腿悬在外面，身后不远处围满了警察，正努力地劝说他不要冲动。楼下挤满了看热闹的居民，还有闻风而来的记者，都望着楼顶。消防员正在给气垫充气，旁边的警察吴恒一边维持现场秩序，一边催促消防员加快充气的速度，他担心上面的学生随时都有可能跳下来。

消防队队长看着楼上，又看了看地上的气垫，跟旁边的吴恒说："楼层太高了，这个高度要是跳下来，气垫没用。"

吴恒又气又急，手舞足蹈地比画着："那你上去把他给薅下来不就行了？你们以前不都是噌的一下就把人踹下来的吗？"

消防队队长难以置信地看着吴恒："大哥，这是顶楼，我从哪里吊下来踹人？"

对讲机里传来了催促的声音："吴恒吴恒，佼姐来了没有？顶不住了都。"

吴恒还没有回复，一辆私家车就开进现场，停在了警戒线旁边——周佼来了。

车门打开,周佼下了车,丝毫没理会驾驶位上的爱人秦奋对自己的叮嘱,冲进了警戒线。她看上去很年轻,随意地扎着头发,身上穿着宽松的粉红色家居服,脚上蹬着双拖鞋,完全不像个警察。

吴恒远远地喊了一声:"周队。"

周佼,江州便衣刑警支队的副大队长,队内都叫她佼姐,在正式场合则叫她周队。

吴恒连忙迎过来,一边走一边介绍现场状况:"一个高中生,网恋,高中毕业之后骑着电动车想来几百公里外的江州见女朋友。半路上电动车没电了,他把电动车卖了一百五十块钱,坐大巴到地方后,发现女孩手机关机了,找不到人,一时想不开,就想寻短见。"

"找心理干预专家了吗?"

"找了,拒绝交流,现在不知道怎么办。"

楼上的警察和心理干预专家劝说学生无效,实在没办法才把休假在家的周佼叫了过来。

周佼扎完头发,又把外套穿上。宽松的外套盖住了肚子,要是不仔细看,根本注意不到她微微隆起的肚子。走到楼里,周佼整理了一下刘海,让刘海垂下来,遮盖住一半眼睛,然后问吴恒："像不像？"

吴恒不理解："像什么？"

"像不像高中生？"

天色渐黑，确实看不出来她的年纪。

周佼和吴恒走进电梯间，周佼让吴恒通知楼上的同事，先撤后一点，把空间留出来。她在电梯里努力地调整着呼吸，清理了下嗓音，等电梯到达顶楼，打开门的时候，周佼慢腾腾地挪着脚步，像是变成了一个受了惊吓的少女。

"你坐在这儿干吗？下来下来。"

学生听到女孩的声音，激动地扭头看，黑暗中，一个女孩正在走向他。他惊喜之余又有些怀疑，依然保持着警惕，问道："你，你是谁？"

"是我啊，李娇娇，你不认识我了吗？我只是把头发留起来了，你就不认识了？"周佼把自己刚才草草扎起来的头发散开，在夜色里，样貌更加难以分辨了。

"你，声音怎么变了？"

"我生病了呀。"周佼轻轻地咳嗽着，声音变得更嗲了。

学生没有轻易相信她，他注视着不远处的周佼，想努力辨认她是谁，但怎么也看不真切："你头发本来不是这样的呀。"

周佼左右甩了一下头发，说："换了新发型，好看吗？我专门为你留长的。"

学生憨憨一笑，其实他什么也看不清，但还是接着周佼的话说："好看。"但转眼一想，继续问，"那你为什么要关机？"

"生病的时候，我爸妈就在我身边，我不敢跟他们说你要来找我，就只能关机。没能及时给你回话，你不会怪我吧？"

在这一问一答间，周佼一边慢慢地让学生卸下戒心，一边小心翼翼地靠近他。

"怎么会啊，我永远都不会怪你的。"

听到这句话，周佼知道，他真的放下了戒备。小孩有时候很简单，面对周佼撒娇一样的话语，他反而有些害羞地低下了头。这种少男少女的情调，让跟着周佼上来的吴恒翻了一个白眼。

周佼继续靠近学生，她已经走到接近楼顶边缘的位置，和对方不过几米之隔。她继续撒娇道："那我们去看电影好不好？刚才我去买了电影票，还有半个小时就开始了。"

学生没有直接回答，而是盯着周佼看，突然拍了拍身边说："你过来一起坐一会儿啊？"他一直注视着周佼，显然发现了周佼不是自己认识的那个女孩，但她更吸引人，"你坐过来呗。"

周佼和现场所有警察都知道，他们露馅了。形势紧张起来，周佼快速分析着男孩要求自己过去坐着的原因，他是要拉自己做垫背，还是对自己有了别的想法？她低头看了一眼，二十七层的高度，要是摔下去，肯定没的救了。她迟疑了一下，决定还是相信面前的少年没有恶意，她慢慢地挪着步子靠近他。

周围的警察都倒吸了一口冷气。

周佼边继续靠近，边试探着对方："那我可不敢，你不会要拉着我一起跳下去吧？"

"怎么会呢。"周佼发现楼顶有很多建筑碎料，走上去硌得脚底隐隐作痛，她听见男孩关心道，"你当心，好多石子。"

周佼看到他的一只脚已经从楼顶边缘收了回来，说明她的判断是对的。她灵机一动，装作踩到石子，做出脚下不稳要摔倒的样子。学生见状，迅速回到围墙里面，要过来扶她。周佼趁机一个箭步上前，拽住学生的胳膊，后面的警察也迅速冲过来，把他控制住。

学生挣扎着被人带走，吴恒连忙扶起地上的周佼。周佼费劲地起身，抚摸着肚子的同时，还不忘打趣道："这怀了孕就是不对劲哈。要是以前，哪还用费那么多口舌，我直接上去一把就把他弄下来了。"

危机解除，周佼总算松了一口气，这才发现自己正坐在二十七楼楼顶边缘，反应过来刚刚的形势有多危险，即便自己已是身经百战，她还是出了一身冷汗。

学生被送上了警车。看到记者围着拍照，周佼觉得这对一个高中生影响不好，便让吴恒去跟记者说尽量不要拍照。就在周佼和吴恒阻止记者拍摄的空当，周佼看到正在驶离的警车的一面窗户打开了，那个学生伸出头，远远地看着她。那个眼神让周佼觉得，也许刚才他被自己救下来并不是出于偶然，而是真的被自己的话打动了。

人群渐散，赶来的刑侦大队队长卫庆明感叹道，这种涉及未成年孩子的案件，恐怕真的只有周佼处理得了了，女性天生比男性更有亲和力，对小孩尤其如此。

周佼准备上车回家时，就像是第六感被触发了一样，她隐约感觉到现场有一些不对劲。秦奋看到她停在车边，问她是不是哪里不舒服，毕竟周佼还怀着孩子。

周佼没理会秦奋的询问，扭过头环顾着四周。她看到围观的人群中有一个低着头的人，只有他没有对刚刚发生的事情指指点点、议论不休。直觉告诉她，这个人有问题。

秦奋看到她不回应，继续问："怎么了？"

低着头站在人群中的马亮，一直盯着面前的一个手机。看热闹的阿姨还围着做饭的围兜，手机就放在她围兜的口袋里。马亮并不在意现场发生了什么，这个手机对他而言唾手可得，他在犹豫着要不要趁现在下手。但马亮敏锐地察觉到好像有人在盯着自己看，循着目光找去，他看到了轩轩，不知怎的，本来决定要下手的马亮,下意识地缩回了手。

两人隔着人群对视着,轩轩似乎一点也没有变化,还是脏兮兮的。马亮被轩轩看得浑身不自在,又或者他害怕被他看到自己在做不好的事情。马亮低头避开轩轩的目光,离开了人群。他心想,或许冥冥之中,他和轩轩真的存在着某种缘分吧。

轩轩淹没在人群之中,并不在周佼的视野里,她单单觉得那个低着头的人有一些可疑。

秦奋有点急了,问:"你到底在看什么?"

周佼看到那个可疑的人离开了人群,便收回目光,回头对秦奋说:"没什么,职业病犯了。"

秦奋开车带着她离开,一路上都在絮絮叨叨地埋怨,不要命了吗,怀着孕还敢干这么危险的事?周佼表面上风平浪静,但经历了这次突发事件,她实际上已经疲惫不堪了,伴着秦奋的唠叨,她在副驾驶座上沉沉地睡去。

马亮需要钱。

听了毛哥的告诫,马亮知道如果不老老实实地把钱还给赵老大,自己在江州的这几个月肯定没有好日子过。

赵老大这个人坏事做尽。马亮曾经在火车站目睹,那些伏地乞讨的残疾小孩,在深夜会被赵老大的人抱起来,像是货物一样，被放在金杯车的后备箱里拉走。马亮在网上搜索过，结果让他触目惊心——这些孩子不是天生残疾，而是人为"制作"出来的。所以他知道，自己要想过得舒服一点，就必须早一点把钱还上。

自己捡垃圾、干体力活儿，还有靠小偷小摸得来的钱，远远不够。马亮也不清楚为什么自己不愿意对贵重物品下手，他总觉得有一种自己都不理解的道德感在约束着自己。

于是，毛哥把两袋子手机放在马亮面前。既然马亮不愿意去偷，那就选择第二个方案。毛哥轻描淡写地跟马亮说："你把这些拿去电子城。"

马亮知道这些来路不明的新手机价值不菲，如果自己被抓到，法院的量刑就不会低，这比他之前的小偷小摸严重得多。

"你们自己怎么不去？"

毛哥又点了一根烟，这已经是第三根了。他抽烟、嚼槟榔的频率特别高，就这么几句话的时间，一根烟已经到底了。毛哥抽烟很凶很急，往往是深吸一口，半根烟就没了。他一停下来就不舒服，要靠嚼槟榔和抽烟来抑制咳嗽。

"最近风声紧，我们的人都被盯着。"

马亮看着两大袋子手机："我去就不会有事吗？"

毛哥指了指脚下的河："你照照自己什么样。"

马亮俯下身，看着自己映在水面上的倒影，活脱脱就是个流浪汉。

"你比我们安全多了。"

"我能不能不做？"

"你不是要赚钱吗？这多好的机会。你卖多少破铜烂铁能来这么多钱？"

"被抓到了怎么办？这可是要坐牢的。"

"你平时干那些事，哪个不用坐牢？"

毛哥看到马亮还在犹豫。毛哥知道马亮并不像他们这群人，自小生活在糟糕的环境里，对这些游走在违法边缘的事情毫不介意，他们的人生已经无望了。毛哥有时候也纳闷，为什么自己动辄对别的小弟兄拳脚相加，却始终无法对眼前的这个人凶狠起来。

"赵老大是啥样的人你肯定知道，对吧？我没少提醒你不要碰他的东西，你自己送上门的，这个怪不得别人。你肯定知道不做的下场。"

马亮本来想解释自己没有碰赵老大的东西，但解释在这个时候毫无意义。他看着毛哥，毛哥虽然比自己整洁一些，但他弓着腰，显得无比孱弱。

"你怎么不离开赵老大？"

毛哥显然不想回答这个问题。他扔掉烟，吐出嘴里的槟榔渣，跟马亮说："你就送到电子城里炒面店旁边的那个门就行。我都说好了，他直接把钱给你，你拿到了给我就行。赵老大那边我会替你说话，你先这样干着。"

毛哥一边咳嗽一边走。马亮看着毛哥的背影，随口问道："你一直这么咳嗽，不去看看医生吗？"

毛哥摆摆手，头也不回地走了。

江州的电子城，其实就是江州老城区和城中村的商业街。这里住的人多，五花八门的店铺紧挨着开，甚至一块招牌下面共存着好几家不同的店面。楼房多少都有违建的性质，在有限的面积上，疯狂地往上延展，楼挨着楼，看上去令人窒息。板车、电动车、行人、小皮卡穿梭其间，显得这里极其热闹。晚上，所有店面的霓虹灯招牌竞相闪烁着，远远看去，让人有种置身于香港的错觉，所以，这里也被本地人称为"小香港"。在这种热闹背后，有很多别人看不到的灰色地带。

毛哥他们不敢过来送货是有理由的，因为进入城中村的路口出现了警察，他们逐一盘查进出此地的所有成年人，每个人都要被查验身份证件。

马亮提着两袋子手机，本能地想要避开正在盘查路人的警

察。毕竟他外表邋遢，又提着两个大袋子，怎么看怎么有问题。

马亮以前常来这个地方，对周围很熟悉，他知道要送货的地方离那个出入口不远，所以不管怎么绕，他都绕不开警察的视线，所到之处都有警察守着，不远处还有一眼就能辨认出的便衣。他发现，整个电子城都被围住了——这么大的阵仗，显然警察并不是临时起意，而是有备而来。

马亮接到了毛哥的电话，因为他没在约定时间把货送过去。收货的老板说，再不送过去，他就不收了。

毛哥在电话里有些急了："你怎么还不去?！人家都等半天了。"

马亮就在不远处的巷弄里，他在这里待了很久都没想到可以进去的办法，就对毛哥说道："到处都是警察，还查身份证，怎么过去啊？"

"你让他查呗。"

"我没有身份证，要是被发现了怎么办？"

毛哥不耐烦了："我不管这些，你自己跟赵老大解释去。"说完，他直接挂断了电话。

马亮也很气愤，他知道，赵老大不可能不知道警察的盘查对象是他们，他们故意把这个事情扔给自己，就算他被抓了，对他们也没什么损失，自己不过是一个无关紧要的牺牲品而已。

马亮看着旁边的手机想,自己怎么会那么傻,怎么就那么轻易地答应了他们呢?但很快他就跟自己和解了,他知道,他没的选。如果这件事做不好,面前的这一堆手机没准会变成伤害自己的利刃。一朝被蛇咬,十年怕井绳,所以他盘算着,无论如何都要把东西送过去。

就在这时,一个熟悉的小身影,拖着一个编织袋,出现在马亮的视野里。

是轩轩。他站在一个早餐店门口,被油锅里的油条馋得直流口水。马亮突然想到他或许可以帮自己,便对着轩轩喊了一声:"哎……"

轩轩没有意识到有人喊自己,丝毫没有反应。马亮又喊了一声。轩轩转头四下寻找声音的来源,然后看到了马亮。马亮笑着对他招了招手:"你过来。"

轩轩想都没想就一溜小跑来到了马亮身边。

马亮问:"饿了吧?"

轩轩点头。马亮从兜里掏出二十块钱,指着电子城的方向:"那里有一个炒面店,你知道吧?你去炒面店买两份炒面,你一份我一份,剩下的钱你留着买零食。"

轩轩一听有吃的,头点得跟小鸡啄食一般,刚想伸手拿钱,马亮却缩回手,把装手机的袋子拿出来,放在他面前:"你帮哥

哥一个忙，可以吗？"

轩轩想都不想就点了头。

"你把这两个袋子交给炒面店隔壁手机店的老板，是个胖子。你说是毛哥给他的，他给你什么你就拿回来给我，我就在那边的亭子里等你。懂了吗？"马亮指着另一个方向，亭子在一处隐蔽的树丛后面。

轩轩点头。马亮把钱给他，然后把装手机的袋子放进他的编织袋，编织袋里面有很多空瓶子和纸盒子，正好当作伪装。轩轩拉着编织袋，向着电子城里一路小跑。

马亮从远处看着轩轩过了马路，走到电子城门口，轻而易举地从警察身边经过，顺利地走了进去。他个子太小了，不会有人关注到他。尽管如此，马亮也没有完全放下心，他和这个小孩毕竟只有几面之缘，他没有把握，这个看似简单的小孩是不是真的靠得住。

马亮在约定好见面的亭子里来来回回地踱步，不断地抬头观察电子城的方向，寻找着轩轩的身影。他心想，如果轩轩没有把东西送到，或者拿了钱跑掉了，他肯定就死定了。上一次自己只是碰了一下手机，赵老大就把自己吃得死死的；这一次如果手机丢了，他真的想象不到自己将会面临怎样的危险。

时间好像过去了很久，马亮想再等十分钟，如果十分钟后，轩轩还是没有出现，他就得逃跑了，哪怕先出去避避风头，等爸爸出狱的时候再回来。他默默算着身上剩下的钱能够支撑自己到哪里。

离开北京之后，马亮有一阵子在全国各地流浪。他会随意到某一个城市停留一段时间，饿了就顺点吃的，或者捡点垃圾卖了钱买吃的。有人欺负自己或者自己待腻了，他就搭火车去往下一个城市。

他在网上和别人聊天，说自己是没有目的地的流浪者，但他没发现的是，他还是会无意地去蓉城一趟或者路过那里；他也经常在江州待一待，要不是因为那只猫，他怎么会在这里停留这么久呢？蓉城、江州，一个有不要自己的妈妈，一个有还在服刑的爸爸，成了他唯二有所留恋的地方。

再后来他就不去蓉城了。有一天，他在短视频里看到了妈妈，看到视频中的她和自己的孩子快乐地生活着。那一刻，他知道，"妈妈"这个词，从自己的生活里消失了。

他这么在心里盘算着，十分钟已经过去。他又等了十分钟，再过十分钟，轩轩还是没出来的话，他就走。又过去了十分钟，还是没有轩轩的影子。

马亮扇了自己一巴掌，觉得自己太愚蠢了，怎么会相信一个小孩？那批手机可以卖那么多钱，小孩难道不会拿着钱跑掉吗？

"哥哥。"

轩轩出现了。他左手提着两盒饭，右手拉着编织袋，不知道什么时候从电子城来到了马亮身旁。轩轩把一个信封交给马亮，马亮什么都没说扭头就要走，他一刻也不想耽搁，想赶紧把钱给毛哥。没走几步，马亮就感觉到轩轩跟着自己，他手里提着东西，迈着小步子，努力地想跟上他的脚步。

马亮说："你把饭吃了，我有事。"

轩轩问："那哥哥的饭呢？"

"一会儿再说。"

马亮来找赵老大，守在门口的毛哥示意赵老大正在谈事情，让他等一下。

毛哥还在靠嚼槟榔止咳，止不住就再点一根烟抽着。马亮掏出信封递给他，毛哥没接，小声地跟马亮说："你一会儿自己给赵老大，讨个好印象。"

周围很安静，马亮站在门口能听到屋子里的人聊事情的声音。有个女人在跟赵老大抱怨最近风声太紧，警察在车站门口一下子带走了五个人，乞讨的孩子也都被带走了。现在警察搞了个什么数据库，孩子们的 DNA 一测一个准，很快就能查清楚他们是从哪里被卖过来的。

赵老大气得直摔杯子。不一会儿，大着肚子的女人灰头土脸地从屋子里走出来。马亮盯着她的肚子看，很难想象这样一个准妈妈，刚刚在跟赵老大聊那么残忍冷血的事情。

马亮走进去，毕恭毕敬地把信封交给赵老大。赵老大气还没消，屋子里的气氛凝重得让人窒息。马亮伸出去的手有点抖，他担心赵老大把怒火撒在自己身上。没想到，赵老大只是接过信封，连钱都不数，直接抽出几张递给马亮。马亮有点惊讶。

"接着啊！"

马亮连忙接过钱。

赵老大把信封扔到桌子上，点上烟抽起来，又把毛哥叫进来，凑到他耳边吩咐着。声音虽小，但马亮听到了。

"他干得不错，给他多安排点活儿。"

毛哥点头答应，在背后拽了马亮一下，让他跟自己出来。马亮看着手里的钱，突然感觉跟着赵老大混，好像也没有什么不好，比自己捡垃圾赚的钱多多了。刚才的那种紧张感瞬间消解了一半。

毛哥问马亮还要不要继续做，马亮正视着毛哥的眼睛。毛哥知道马亮默认了，他对着马亮的脸吐了一个烟圈，两个人相视而笑。

"哥哥。"看到马亮从路口出来，轩轩远远地叫了他一声。他还没有走，就在路口一个原本被用来下象棋的石桌上坐着，面前还有一盒没打开的炒面。

马亮坐在石桌对面，看着轩轩，不免疑惑："你怎么还没走？"

轩轩把饭盒推过来，说："给你买的饭。"

轩轩盯着饭咽口水。马亮看着轩轩的样子，有些想笑，他打开饭盒推给他，说："我不饿，你吃吧。"

轩轩狼吞虎咽地吃着炒面，吃得太急，差点被噎到，那表情让马亮忍俊不禁。轩轩抬头看到马亮在笑，也咧开嘴巴笑。马亮注意到，比起第一次见，轩轩少了两颗门牙。他收敛笑容，突然有些不耐烦。感觉到马亮的情绪变化，轩轩马上低头继续吃面，见马亮没什么动静，便重新抬头看他，嘴边都是炒面的残渣。

马亮问："怎么了？"

"哥哥，我叫轩轩。我跟着我爷爷奶奶住在南面的垃圾站里。"

马亮说："你上次告诉过我了，吃饱了回家吧。"

轩轩就这么直勾勾地望着马亮，然后从兜里掏出了几张零钱和几枚硬币，递给他："哥哥，这是找回来的钱。"

"不是让你买零食吗？"

"买了。"轩轩掏出两个棒棒糖，递给马亮一个。

看到递过来的棒棒糖,马亮突然想起来,轩轩还他铁盒子时也给了他一颗糖。那一次像是在给他道歉,那么这一次呢?马亮犹豫了一下才接过棒棒糖,撕开糖纸递给轩轩,问道:"你叫轩轩?哪个轩?"

轩轩吃着糖,说:"我不知道。"

马亮上下打量着轩轩。如果自己的脏是十分的话,轩轩可能有十二分。这孩子满大街上跑,没人管没人问的,不知道他到底遭遇了什么。

马亮问:"你爸妈呢?"

轩轩嘴里含着棒棒糖,含糊地答道:"我没见过我爸爸,我爷爷说他又结婚了,给我找了一个小妈妈。我也没见过我妈妈,她在深圳。我家里还有一个妹妹,不是亲妹妹,爷爷说是叔叔生的……"

轩轩说的这些话,像刺一样扎着自己,马亮不忍再听下去,本能地想躲开。马亮起身离开,轩轩就跟在他身后,一边走一边继续絮絮叨叨地说着。走了几步,马亮停住,轩轩也跟着停住,就像块甩不掉的牛皮糖,跟下大雪那天一样。

马亮瞪着他,说:"你一定要跟着我吗?"

轩轩说:"我想跟哥哥一起玩。"

"为什么?"

"哥哥是好人。"

"我不是好人，你别跟着我。"马亮有一些无语，装作很凶的样子，作势要打轩轩，但轩轩不仅没有害怕，反而哈哈大笑起来。

马亮有些无奈，继续大步流星地往前走，但他知道轩轩一定还站在原地看着自己。他叹了一口气，不知怎的，就是没办法狠下心把这个小孩推得远远的。

马亮停下步子，转过身，冲轩轩招了招手，小孩欢快地小跑着冲到马亮身边，一把握住他的手。马亮许久没被别人拉过手了，这种感觉很陌生，也让他有一点害怕，他连忙甩开轩轩的手。但看到轩轩殷切的眼神，他想了想，用手轻轻地提溜着轩轩的衣领，就这样，一高一矮两个人一起别扭地往前走着。

轩轩跟着马亮来到了马亮住处的楼下，马亮说自己到家了，天一会儿就黑，让轩轩自己赶紧回家。两人分开之后，他回到屋子，打开灯，把赵老大给自己的钱放进铁盒子，然后在灯光下面数钱算账。灯泡被小胖子弄坏了之后，他在废品站找到了一个装电池的台灯，光线不是很亮，但足够用了。

数完钱，马亮隐约听到外面有动静，走出来一看，轩轩还在那里。雪还没有化尽，入夜之后极其冷。轩轩本身就穿得少，此刻站在外面瑟瑟发抖。

看到马亮，轩轩突然喜笑颜开，喊道："哥哥。"

马亮于心不忍，让轩轩进了屋，跟他说明天必须走。

轩轩看到马亮在一个小本子上写写画画，便挤到马亮身边，问："哥哥你在干吗？"

"在算能赚多少钱。"

"为什么要赚钱？"

"为了离开这里。"

一听到马亮要离开，轩轩突然低落起来。而马亮并没有察觉，依然在算着数，算着送多少次手机才可以凑够欠赵老大的钱。轩轩等了很久，看到马亮没有关注自己，就继续问马亮："哥哥要赚多少钱啊？"

"很多很多钱。"

"为什么要离开这里？"

马亮想了一下，没有回答，他觉得轩轩话太多了，他为什么要跟一个小孩说这么多？他冷声说道："跟你没关系，你睡吧。"

看到马亮不开心，也不再说话，轩轩沉默下来，但也不去睡觉，一直想找机会和马亮继续说点什么。突然，他喃喃地说："不走可以吗？"

马亮不想纠结这样的话题，他打开手机，随机找了一个动画片放给轩轩看。轩轩很快就被新奇的事情吸引，不再打搅他了。

入夜了，轩轩已经睡着，怀里还抱着马亮的手机。马亮轻轻地拿走手机，看着轩轩熟睡的样子，有那么一刻，他觉得看到了自己。

第二天一早，马亮醒来，发现身边已经空了，轩轩不见了。他本来松了一口气，但过去的一段记忆突然出现在脑子里——在北京网吧，一个小孩趁他睡着时，偷走了他所有的钱，让他沦落成今天这个样子。马亮着急忙慌地爬下床，满屋子翻找。幸好，铁盒子还在，里面的钱也在。

"哥哥。"轩轩提了两个包子站在门口，看起来特别开心。

马亮莫名地觉得恐慌，仿佛自己的领地被侵犯了，他把轩轩的包子扔在旁边。看到马亮惊恐的样子，轩轩不仅没有害怕，还想要过来安慰他。马亮却像看到了小怪物一样，仓皇地逃出了家。轩轩提着包子在后面追。

马亮更加惶恐，向轩轩大吼："不许跟着我！"

但轩轩没有理会，依然一声不吭地跟在他身后。等到马亮平静下来，他才带着试探和期盼问马亮："哥哥，以后我能跟着你吗？"

马亮看着轩轩，觉得自己的心跳很快。他不是很懂，为什么自己的内心会在这个时候如此躁动。他不应该答应轩轩，却不由得点了点头。

轩轩开心得像一只小鸟，在马亮身边蹦蹦跳跳。在回去的路上，马亮问轩轩："你这么久不回家，真的没事吗？"

"我不想回去，我爷爷老打我，我爸妈都不要我了，反正也没人会来找我。"

反正也没人会来找我，这句话让马亮难过。也没有人会来找他，他想。他答应轩轩跟着自己，大概就是觉得他们两个同病相怜吧。

马亮扛着一堆纸盒子，没有去常去的垃圾回收站，而是来到轩轩说的城南的垃圾站。这里是轩轩的爷爷奶奶住的地方。

轩轩爷爷双眼浑浊，即便没有喝酒，也浑身散发着酒气，走路一瘸一拐的。他收养了一只流浪狗，看上去很老了，走路也一瘸一拐的。

这里地处城南郊区，生意自然比不上马亮常去的那个回收站。轩轩爷爷不断谩骂着那些人，觉得是他们抢走了自己的生意。他熟练地把马亮带来的纸盒子抖了抖，抖掉里面的沙土，然后才放到秤上称重。

马亮环顾四周，打量着他们住的地方。尽管是白天，深色塑料布搭成的简易棚屋里也黑洞洞的，他隐约看到一张床，床边坐着一个老太太，呜呜地说着他听不懂的话。她应该就是轩轩的奶奶了。轩轩说,别人都说他奶奶是傻子。

垃圾堆旁边的地面上有一个坑,里面聚满了融化的雪水。水坑边有一个看上去三岁左右的小女孩,正在给布娃娃"洗澡"。她看上去灰头土脸的,扎得歪歪扭扭的发辫斜着耷拉在脑后,模样和轩轩像是一个模子里刻出来的,女孩腿上拴着一根长长的绳子,管控着她的活动区域。

这应该就是轩轩说的妹妹,被他二叔扔给爷爷的妹妹。

马亮试着跟轩轩的爷爷套近乎:"以前在我们家周围经常看到一个收瓶子的小孩,他告诉我来您这儿卖,价钱更好。他是您孙子?"

轩轩爷爷轻轻地嗯了一声。

"他爸妈呢?"

"走了,去深圳了。"

马亮故作惊讶:"深圳啊,大城市啊,肯定能赚大钱,您将来享福了。"

轩轩爷爷吐了一口痰,似乎在表达对这句话的不屑:"他爸妈不回来了。"

"为什么?"

"他爸妈是村里媒人介绍认识的,认识的时候年纪小,不能领结婚证,就先生了个小孩。他妈说要去深圳打工赚钱,回来再领证，人走了就没信了。他爸重新找了一个，又生了个小孩。俩人都把这孩子忘了。"

"您没带孩子去找他们吗？"

轩轩爷爷指着黑棚屋里的奶奶和小女孩，明显觉得这世界对自己不公平，像是发泄情绪一样地跟马亮说："这老的这样，怎么找？还有这个小的，我家老二生的，跟老大一样，生了扔给我就不管了，也不回来了，打电话也不接。都是作孽！"

马亮随口问了最后一句话："您孙子呢？怎么没看到他？"

轩轩爷爷暴怒，像喝醉酒发酒疯一样，嘴上骂着："谁知道他死哪里去了？跑出去就不回来，死在外面最好，回来就多张嘴，除了要吃要喝，还能干啥！"

老人的话，让马亮觉得不可思议，他无法理解。

马亮揣着兜往回走，刚才的种种，让他联想到了自己。他一直觉得自己的人生充满了痛苦的回忆，为什么老天偏偏对自己那么不好呢？可是面对轩轩的处境，他沉默了。轩轩爷爷的谩骂还在他脑海里回响着。

"他爸妈都不要他了，谁还能要他？"

"不找他，他饿不死，饿死了也没事，一了百了。"

…………

马亮很难过,不知道怎么形容自己的情绪,但他有一种想打人的冲动。

刚走出街头,他就四下寻找轩轩。他没告诉轩轩自己去找了他爷爷,只是让他在这里等自己。轩轩很听话,没有远去,正趴在麦当劳的玻璃墙上看着里面;玻璃墙里面的小孩也看着外面的轩轩,他们是两个世界的孩子。

看到这一幕,马亮感到心酸。他走过来,问轩轩:"饿不饿?"

轩轩点头,马亮带他走进麦当劳。马亮去排队点餐,轩轩则在靠窗的位置提前占好了座位。他好奇地打量着周围,对他来说,里面的一切都是新奇的。看到别的小朋友在玩乐区嬉笑打闹,轩轩虽然很想去玩,但舍不得占着的空座,只好咧着嘴,满眼羡慕地望着他们玩。

看着墙上的价格表,马亮犹豫起来,心里仍默默记下别人点餐的步骤。轮到他的时候,马亮指了指牌子上的一个便宜汉堡。

"套餐五十八块。"店员有些警惕地看着他。

马亮掏出一堆零钱,数了数,显然不够。他怯懦地问:"就点一个汉堡可以吗?"

拿到汉堡,轩轩像见到了山珍海味一样,迫不及待地要打开包装。马亮却看着他满是泥垢的小手说道:"你看,别的小朋友都是洗了手再吃的。"

轩轩拗不过马亮，不情愿地来到洗手池边，依葫芦画瓢地学着其他人的样子洗手，洗完手立刻跑回了座位。

轩轩问马亮："哥哥不吃吗？"

马亮插在兜里的手蜷缩了一下，他当然想吃，但他没有钱买第二个了。

轩轩把汉堡推过来："哥哥也吃。"

马亮把汉堡推回去："我不吃，我不饿。"

"那我们一人一半。"

马亮看到轩轩执意要分汉堡，就把汉堡拆开，拿了一片面包，把肉和另外一片面包给轩轩。他吃着面包说道："哥哥爱吃这个。"

轩轩抱着汉堡就吃，吃得满脸都是。看着轩轩吃得如此狼狈，那一刻马亮是开心的。

那场大雪之后，偶尔也会断断续续地下雨，冬天的寒冷好像也没有持续多久，天气一天比一天暖和。

两个人似乎找到了结伴的理由，开始同吃同住，同进同出。晚上轩轩冷的时候，马亮就把被子都给他；他让轩轩用手机看动画片或者教他玩游戏，还在废品站里捡到了能用的儿童平板，给轩轩当玩具。

他们装点了废墟里的家，原来窄小的生活区域慢慢变大，家里的各个角落里放满了零食。两人一起守着花盆里曾经遭其他小孩毒手的绿植，随着气温回升，它渐渐吐出新芽，他们小小的家也更有生机了。

赵老大和毛哥来找马亮送货的时间并不固定。马亮从不细问，他们不来，他和轩轩就肆意自由地生活着。

他让轩轩把整理好的纸盒子送去垃圾回收站卖掉。老板看轩轩还是个孩子，不会多怀疑什么就称重结钱给轩轩了。过后，老板搬纸盒子时却发现里面塞了很多沙土。

马亮还替轩轩教训了穿着国王披风的小胖子，他让轩轩叫小胖子出来，看他被住在拆迁楼上的那个阿姨泼成落汤鸡。见小胖子哭喊着回家，轩轩公鸡打鸣般兴奋地尖叫，马亮觉得耳膜都要被他的声音刺穿了。

有了轩轩的陪伴，过去的痛苦似乎被冲淡了，他们在这个城市的角落里，努力地生活着。

轩轩说渴了，马亮会去超市偷偷地顺一排酸奶出来；轩轩饿了，他就把人家刚炒出来的菜连盘端走，两个人随便找个地方吃得渣都不剩。吃饱喝足之后，他们会蹲在商场的玻璃外墙边看里面的电视；天晴的时候，他们会一起坐在山包顶上，等着看日落。

转眼间，春暖花开，他们学着动画片《大闹天宫》里弼马温大闹蟠桃园的画面，偷偷跑到刚开花的梨园摘梨花，被发现后，两人被看园子的人拿着棍子追着打；他们也会趁着天气好跑到房前的空地上，欢呼雀跃地看着风中四处飞舞的塑料袋。

他们出没在城中村的菜市场、牌桌、小卖部，马亮让轩轩在外面望风，自己去顺东西，但他不会告诉轩轩自己在干吗。网吧、游戏厅白天不让进，他们就晚上去，马亮能把游戏机推开，从后面的空当掏出一大袋子游戏币，第二天去另外的游戏厅换成钱。

晚上，在他们的小窝里，马亮会给轩轩讲睡前故事，讲来讲去都是那些"从前有座山，山里有座庙"的故事，讲烦了就指着屋外天上的星星，告诉轩轩什么是猎户座。

在生活中，马亮潜移默化地影响着轩轩，教他基本的生存本领，就像自然界成熟的野兽养育幼崽那样。他们无忧无虑、无拘无束地在这座城市的每一个角落里飞奔着，快乐充盈在空气之中。

第四章　流浪兄弟

因为历史遗留下的问题,江州的治安案件数量比其他同级别城市多得多,最近走私贩私案件频发,涉案人员众多,案情复杂,甚至牵扯出诸多涉黑犯罪产业链。公安系统召开大会,要开展一次大规模专项整治行动,江州市公安局准备抽调精兵强将,争取在最短时间内办结案件。

周佼一大早就看到了局里的通知,尽管她在休假,通知也没有要求她必须列席,但她闲不住,总挂念着局里的事情。脑子里回放着通知的内容,周佼翻来覆去的,怎么也睡不着了,索性起床。

因为日渐隆起的肚子,周佼原来的警服已经扣不上了,她试过之后,把警服叠好放回衣柜,换上了宽松的衣服。在家待了几个月，一向干练清爽的中短发不知不觉间已经长长了，她束起头发，找来剪刀，咔嚓一声，干脆利落地将垂落在眼前的刘海修剪齐平。这个时候，她才发现眼角冒出了褐色斑块，像图章一样印在那里。虽说是孕期正常的生理现象，分娩后，这些斑点会慢慢消失，但她心里还是不免五味杂陈。

"你要去单位？"秦奋睡眼惺忪地靠在卫生间门口问道。

"我在家也没什么事，去单位看看。我那帮徒弟第一次参与这么大的案子，指不定闹出什么动静。"

秦奋心疼道："你这样出去，我可不放心啊。"

周佼低头看着隆起的肚子，笑着说："我去公安局，谁敢动我们娘俩。"

秦奋被逗笑了，努力让自己清醒过来，要送周佼，却被她拦住了："昨晚加班回来那么晚，你去睡吧，吴恒会来接我。"

会场讲台上方悬挂着印有"扫黑除恶专项整治行动誓师大会"的红色条幅，台下是公安各个系统派来的代表，与会众人都穿着制服，现场气氛庄严肃穆。

此次专项行动的负责人，公安分局副局长兼分管刑侦的大队长卫庆明正在台上部署工作：

"根据公安部下发文件的精神，接省市领导要求，此次行动主要针对本市长期存在并且难以根除的'涉赌''涉毒''人贩子蛇头''借贷'等一系列有组织的犯罪行为……"他要求，从即日起，所有人员停止休假，全员盘查车站、城中村、工业区、城乡接合部等重要地段，过往车辆、行人都要严查，力争在最短时间内端掉背后的犯罪团伙……

吴恒坐在会场靠后的位置，夹在一群同事之间，小声地跟旁边的人交头接耳，偶尔发出一声叹息。他努力坐直身体，免得被人看出来自己在开小差。前排是刑侦大队的人，他们也在小声讨论着这次行动的目标。刑侦大队常年在追查一个犯罪团伙，领头的号称"赵老大"，小到小偷小摸，大到入室盗窃、拐卖儿童、组织卖淫嫖娼、走私贩私，简直是无恶不作。

吴恒跟身边的邓倩絮叨："犯这么多案子的人，到现在都没抓到，这又是停止休假，又是连班倒执勤，就能抓到？"

邓倩没回应，只用眼神暗示他安静一点，消停一点，正开着会呢。吴恒索性自言自语："这还让不让人活了啊？我们这一大堆案子都办不完，又来个专项行动，这下好了，假期泡汤了，女朋友都没得耍了。"

周佼悄声从后门进入会场，就近坐在门口角落的位置，正好在吴恒后面。刚落座，就听到吴恒在絮叨。吴恒身边的邓倩看到周佼，正要打招呼，周佼朝她摆了摆手，默默看着吴恒的后脑勺，听他埋怨。吴恒的絮叨引得周围的人时时侧目，周佼见状轻轻地拍了吴恒一下。

吴恒扭头，看见不知道什么时候坐到自己背后的周佼正瞪着自己，他吐了吐舌头，立马噤声。台上的讲话还在继续，不同单位、不同部门的领导逐一上台领取任务。

吴恒正坐着，却忍不住跟周佼说起话，问周佼怎么来了。

"在家待烦了，闲不住，来看看是不是有人要闯祸挨骂了。"

吴恒翻了个白眼，知道周佼在说自己，但谁让她是自己的老大呢？他开始对着周佼大吐苦水："姐，我们是便衣刑警支队，搞反扒工作、侦破盗窃案才是我们的重点工作，不是吗？我们这里的案子比其他支队多好几倍，那么多案子都还没破呢，每天都忙不过来，现在还被抽调，我们其他的案子怎么办？没时间搞了啊。"

吴恒越说越不满意，声音陡然变大，讲台上的卫庆明闻声盯着他们这个方向，目光如炬。他平时就是个不苟言笑的人，周佼心想，吴恒这下肯定要挨骂了。其他人也跟着卫庆明看向吴恒。

"吴恒，有什么话来台上说说？"

吴恒不自在地低下头，周佼从后面轻拍了下他的头，就当是"教训"他。现场的人哄堂大笑。

回到办公室,吴恒觉得委屈,周佼继续打趣他:"你又没对象,你委屈个啥?你看看咱们支队哪个不是拖家带口的,人家说啥了。"

吴恒还在嚷嚷:"姐,这不是委屈不委屈的问题啊。我们是便衣支队,不是刑警队,也不是反黑队,他们一年几个案子,我们每天多少案子?穿着刑警的衣服,干着民警的活儿。谁不想干个大案子啊,有本事把我调刑侦大队啊,我干得比谁都来劲。"

面前的桌子上多了个橘子,吴恒抬头一看,是周佼给他的。吴恒剥开橘子往嘴里塞,结果被酸得龇牙咧嘴,怨气跟着消了一大半。

周佼看着他委屈的小样,觉得又好气又好笑:"从警校毕业那天起,你就应该明白,只要穿上了这身衣服,就没有什么委屈不委屈的。"看吴恒自顾自地往嘴里塞酸酸的橘子,周佼又安慰他,"退一万步说,你就是真累了,要回家休息,别人帮你顶一把也没啥。卫队什么脾气你第一天知道吗?还当众顶嘴,不是找削吗?"她找了个地方坐下,她的身体越来越重,没办法久站了。

两人说着,卫庆明走进了办公室,所有人立马站了起来,周佼也扶着座椅站起来。

卫庆明是来找周佼的。他把周佼叫到旁边的楼道里，细致入微地询问她的身体情况，问她有没有定期去医院检查，还说他爱人买了补品，回头给她送过去。也许是寒暄太多了，周佼猜到他应该有别的诉求，就直截了当地问："卫队，您就告诉我，我要做啥吧。"

果然是老同事了，什么都瞒不住，卫庆明苦笑一下，说道："你是省公安系统里少有的女特警，也是局里首屈一指的破案能手。这次任务艰巨，本来觉得你休假在家，就不通知你了，但看到你来了，就想和你聊聊。"

卫庆明的想法非常简单，这次任务虽然会出动大量警力配合，但是对于那些常年藏在拐角末巷里的"老鼠"，没人会比周佼的团队更清楚他们的动向。这次行动不仅要在宏观上打击犯罪团伙的气焰，还要把他们曾经苦于应付的一些"过街老鼠"清扫干净。

周佼的团队是上级特批成立、全系统唯一的便衣刑警支队。原本他们是做反扒工作的，很少参与侦办刑事要案，但周佼凭借出色的能力，带领支队在辅助其他刑警队侦办重大要案的过程中起到了突出作用，屡次荣获褒奖。与其他刑警支队不同，团队里不仅有得力的公安警察，还有来自各行各业的兼职辅警，他们生活在城市的各个角落，某种程度上比其他人更擅长追踪那些生活在暗处的人。

周佼听明白了，说道："组织需要，我们就上。"

卫庆明补充说："我不是让你直接上前线，你怀着孕，还是坐镇后方指挥，把队里的人撒出去，需要支援的话，我优先给你调配人手。"

周佼想站直敬礼，卫庆明拦住她说："你嫂子真的给你买了很多补品。你这是头胎，得多听听她的。"

周佼点了点头。

随着专项行动展开，长期蛰伏的犯罪分子渐渐嗅到了危险的气息。

赵老大的麻将馆早早关了门。关了门的麻将馆看上去就是普通人家，不开灯基本不会被发现里面还有人活动。麻将馆楼上有一处位置视野极好，赵老大在那里神经紧绷、居高临下地俯瞰着周遭的一切。此时此刻，楼下很多背地里做着不法营生的店面已被警察包围，正在被逐一盘查。

赵老大在聊天群里留了言，让大家收心。

毛哥突然找到马亮。他们有一堆库存，放着不出迟早会被发现，眼下似乎只有马亮这条线没怎么受影响，总能正常出货。马亮问毛哥为什么要在这个时候冒险，毛哥没回答，只是让他照做。

马亮没有拒绝,他想,如果继续送货赚钱,除了可以很快还完赵老大的钱,还能攒下一些钱,至少可以攒够他和爸爸回老家的本钱。

毛哥来找马亮送的东西变得越来越贵重,电脑、手机、首饰,还有一些被包着,完全看不出是什么。马亮不问,能自己送的就自己冒险去送,实在不行才让轩轩帮忙。他总是躲在一个隐蔽的地方,看着轩轩走进送货的地方;轩轩也慢慢学会回来时绕着圈子走,避开一切可疑的人,再把钱给马亮。

有那么一次,马亮看着轩轩送货离开的背影,心里突然想,这样的事对于轩轩来说,意味着什么?他想起轩轩面对自己时的笑容,轩轩还会叫自己哥哥。马亮有想过下一次不用他了,可是面对赵老大,还有轻易得来的收入,他又动摇了。

一次又一次,一天又一天,墙上的日历一页页翻过,马亮铁盒子里的钱也越来越多。攒到一定数目之后,马亮就还给赵老大一部分。对他而言重要的傍身钱,到了赵老大那里,却成了看都不看就被扔进抽屉的一沓纸。

马亮又画了一个圈,日历上这一天就过去了。离他标记的爸爸出狱的那一天,越来越近了。马亮幻想着那一天到来后的画面:自己衣着整洁地去接爸爸,然后带着自己存下的钱一起回家，或者去一个他们喜欢的地方。他再也不用漂泊，再也不用被人打骂了。想着想着，马亮鼻子一酸。

旁边睡着的轩轩突然哭了，马亮回过神，忍住眼泪，问："做噩梦了吗？"

轩轩睁开眼，认真地盯着马亮的脸，确认马亮还在之后，张开嘴就号啕大哭："我梦到哥哥不要我了！"

马亮一边抚摸着轩轩的背，一边笑着告诉他梦都是反的，很快，轩轩又慢慢睡去。困意袭来，马亮窝在轩轩旁边，闭上眼睛，也进入了梦乡。

他经常梦到的那一片干涸的湖底又出现了，还有欢声笑语。

马亮一直追着的那个身影在跟他说话："等我们有了钱，我们就回北方老家去，买一个房子，做一点小生意。等过年的时候，就带你去看烟花……"

是爸爸的声音。马亮就这么跟着声音跑，爸爸的影子却越来越远……他在躁动不安中醒来，睁开眼，只见轩轩在月光下瞪着眼睛盯着他，简直像恐怖片里的画面。马亮吓得一激灵，差点蹦起来："你怎么不睡觉？"

轩轩直勾勾地盯着马亮："我不敢睡，我爸妈就是在我睡着的时候离开的。"

看来，刚才的噩梦还没有从轩轩小小的脑袋里离去。马亮哭笑不得，只能继续安慰他："快睡吧，我不会走的。"

轩轩将信将疑地躺下："哥哥，你真的不会走吗？"

马亮盯着天空发呆，许久才说："不会。"

他真的不会走吗？他要走，他有明确的目的。马亮知道自己没跟轩轩说实话，至于为什么撒谎，他一时也没想明白原因。

清晨，轩轩揉着惺忪的睡眼醒来，却发现马亮不在自己身边。什么东西都没有少，但马亮不在了。联想到丢下自己离开的爸爸妈妈，轩轩急了，眼泪夺眶而出。他跑出屋子，一边大哭一边下楼，急得掉了一只鞋子都顾不上捡，生怕晚一步就再也找不到哥哥了。

富民里也是这次扫黑除恶专项整治行动的重点关注区域。这里除了长久以来没有解决掉的拆迁问题，人员结构也比较复杂，最容易被犯罪分子钻空子，因此，周佼建议先在这里低调摸排，以免误伤群众。

富民里的水果摊对着一个三岔路口，是来往人流的必经之路。身穿便服的周佼在摊位前认真地挑着橘子，过往的人谁都不会想到她是一名警察。

轩轩哭喊着从她背后经过，在三岔路口迷了路，不知该走哪个方向才能找到哥哥，于是待在原地抽泣。周佼注意到了轩轩，看到他一只脚没有穿鞋子，低头抠着脚底板，猜想他可能扎到脚了，便忍不住上前关心道："小朋友，怎么了？"

轩轩不理会周佼，边哭边抠脚。

"怎么哭了呀？来告诉阿姨，爸爸妈妈呢？"

轩轩抠掉脚上的石子，抬头看到周佼，他哽咽着不说话，只盯着周佼的肚子看。周佼注意到他好像对自己的肚子感兴趣，便把肚子凑过去，说："阿姨肚子里有个宝宝，要不要打个招呼呀？"

听到周佼的话，轩轩扑哧一声笑了，鼻涕都流了出来。他伸出脏脏的手去摸周佼的肚子，肚子摸上去暖暖的。轩轩问道："他是男孩子吗？"

周佼掏出纸巾帮轩轩擦掉鼻涕，十分温柔地说："还不知道呢，要生出来才知道。"

见轩轩情绪稳定下来，周佼拿出一个橘子递给他，观察着他脸上惊喜的表情。

"怎么哭了呀？跟阿姨说说。"

"我找不到哥哥了。"

"你哥哥呢？"

被周佼这么一问，轩轩想到自己被马亮丢下了，一咧嘴又哭起来。周佼有些不知所措，正在想怎么安抚他时，轩轩突然一愣，哭声戛然而止。周佼顺着轩轩的目光看过去，一个和轩轩一样脏兮兮的男孩站在不远处的路口，嘴里叼着一个包子，手里还提着一袋冒着热气的包子。轩轩顾不上脚底的疼痛，跑到男孩身边喊道："哥哥！"

马亮一边警惕地看着周佼，一边把包子递给轩轩："我去给你买包子了。"

有了马亮和包子，轩轩就全然不顾周佼了。他紧跟着马亮，生怕马亮再一次离开。两人往回家的方向走去，路过周佼时，马亮刻意低着头不去看她。

"你弟弟啊？"周佼轻声试探着问了一句。

看到男孩躲闪且略带敌意的样子，周佼从警察的直觉判断，他和他身边的这个小孩，肯定不是简单的兄弟关系。马亮迟疑地点点头，周佼见他还是不看自己，又继续问道："亲弟弟吗？"

马亮不回答，带着轩轩快步离开。周佼了然，正准备追上去，却突然来了电话。她下意识地转身接通电话。

"周队，富民里街口有情况。"

"马上来。"

等周佼挂断电话回过身来，马亮和轩轩已经不见了，地面上放着她给轩轩的橘子，还摇摇晃晃的。她拾起橘子，在脑海里快速回想着。周佼觉得，她见过这个大一点的孩子——对了，就是跳楼事件现场一直低着头、形迹可疑的那个人。

看到轩轩和周佼的互动,马亮不是很开心,几乎是拖着轩轩往前走。轩轩跟不上,跟跟跄跄的,一路连走带跑。马亮喋喋不休,带着明显的气愤:"我跟你说了多少遍,不要随便跟陌生人说话,万一是坏人怎么办?你知道大街上每天丢多少小孩吗?都是像你这样被一个橘子、一个包子给拐走的!"

轩轩看看手上的包子,依然无法理解马亮生气的原因,说道:"她肚子里有宝宝,她要做妈妈了。"

听到"妈妈"两个字,马亮瞪着轩轩,一脸不可思议:"要做妈妈的人就不能是坏人了吗?"

对啊,要做妈妈的人就不能是坏人了吗?歌里面都唱着"世上只有妈妈好,有妈的孩子像块宝",可是谁把自己当成宝呢?妈妈走的时候,任凭他哭哑了嗓子,也没回头,她明明听到了自己在喊,看到了自己在追,可就是不愿意回头。

马亮的脑子里又闪过了短视频里的那个女人,那个他曾经喊妈妈的人。他无数次请求妈妈不要丢下自己,她却选择离开之后,重新结婚生子。视频里她那么爱她现在的孩子,把他当作"宝",似乎自己从来就不存在一样。

马亮甩开轩轩的手,径直走了。轩轩看得出哥哥生气了,却不知道他生气的原因是什么,他小跑着追上马亮,想去拉他的手,但刚碰到就被马亮甩开。轩轩看到马亮不断甩开自己的手,反而觉得很好玩，马亮甩开一次，他就笑一次，越笑声音越大。

马亮停下来，瞪着他，怒火中烧："你笑什么？"

"哥哥不是坏人。"轩轩嘴里蹦出这么一句话。

马亮一时间无言以对。听轩轩说自己不是坏人，他有一点点得意，怒气瞬间消解了不少，嘴上却说："你怎么知道我不是坏人？"

"哥哥不是坏人，哥哥还给我买糖吃。"

马亮重新拉住轩轩的手。眼前的这个小孩单纯得如同一张白纸，也许正因如此，自己才愿意照顾他的吧。想到这里，马亮掏出五块钱，递给轩轩："奖励你买个烤肠。"

轩轩两眼放光，拿过钱欢呼着跑去小卖部买烤肠，很快就消失在这条小路上。轩轩的身影一消失，马亮眼神就变得犀利起来，他爬上墙头，找了一个没人看得到的角落。他想看看轩轩找不到自己会怎样，想看看轩轩是不是真的会找自己，以及他找不到自己时哭泣的样子是真的还是装出来的。

轩轩很快就回来了，却没看到马亮。他一边在附近打转，一边焦急地寻找着哥哥。上面的"老猫"不动声色地暗中观察，下面的"小猫"情绪逐渐焦躁，最后大哭起来。听着轩轩绝望凄惨的哭声，马亮觉得轩轩是真的害怕自己一声不吭地抛下他离开。

马亮连忙从墙头跳下来，笑嘻嘻地看着轩轩。轩轩看到马亮便不再哭了，意识到他是在故意捉弄自己，轩轩有些生气地把烤肠递给他："你以后再这样，我就再也不理你了。"

尽管有些气恼，轩轩还是吃着烤肠，被马亮牵着手往家里走。那一刻，马亮觉得，轩轩不再是一个陌生人了，他真的是自己的弟弟。

警方的行动还在继续，违法犯罪分子慑于警方此次行动的执法强度和力度，纷纷收手，躲了起来，想避过风头之后再伺机而动。

一辆面包车停在富民里附近的角落里，车内正副驾驶座位上坐着身穿便衣的吴恒和民间反扒专家老马。

平时，老马是队内的反扒技术指导；必要时，比如重大节日期间，老马会跟着便衣刑警支队到街头开展工作，任何小偷都逃不过他的火眼金睛。

老马跟吴恒说着自己的本事："任何人，只要是个小偷，哪怕他没有动手，我也能辨别出来。"

吴恒不相信，用在公安大学学习的知识，企图找到老马的漏洞："马哥，你这样说我不得不反驳你。你不能随便对一个无辜的人进行有罪推论，人家没犯事儿呢，你凭什么怀疑人家？

你会读心术，猜得到他下一步的打算？"

不过老马并不打算跟吴恒争论，心平气和地说道："你有没有想过，一个人偷习惯了，他的生活习惯也会改变。眼神是不会骗人的。"

吴恒还是不以为然。后面半躺着吃橘子的周佼开口对吴恒说："这个你还真得信你马叔。"

吴恒将信将疑，只见老马忽然把自己的身份证举到了面前。吴恒瞠目结舌，身份证明明在自己兜里的钱包里面……

老马说："技术高超的小偷，本质上跟魔术师是类似的。跟我说话时，你的注意力已经分散了……"

此刻，周佼心头盘旋着老马说的那句话："眼神是不会骗人的。"那个男孩肯定有问题，身上说不定背了很多案子。可是他保护那个小孩子的眼神，让自己印象深刻。

老马和吴恒的话还没说完，对讲机有了动静："所有小组，行动！行动！"

二人非常敏捷地开门下车，向他们之前安排好的方向跑了过去。

深夜了，收完队的吴恒、老马，还有其他同事，都在椅子上呼呼大睡，睡姿千奇百怪的。连日的行动让他们疲惫不堪。

周佼提着一袋子吃喝的东西进来,看到沉睡的大家,她放轻了步子,悄悄地收拾着吃剩下的盒饭,还有其他垃圾。她怀着孕行动不便,除了在后方提供行动意见外,还不忘做些后勤工作。

头发散乱的邓倩抱着一个襁褓里的婴儿,也从外面走进来,边走边尝试着哄婴儿入睡。婴儿并没有睡去,一直在哭闹,她怕影响同事们休息,又抱着孩子出去安抚,直到孩子睡着才又回到办公室。见周佼还在,邓倩说道:"姐,这么晚了,你回去吧。"

周佼把饭拿出来,放在每个人身边:"这两天你们都辛苦了。"

邓倩怀里的婴儿又开始哭闹了,周佼看得出来,她很累,就伸手接过孩子,让邓倩先吃口饭。周佼一边轻晃着一边拍着,继续哄孩子睡觉。

邓倩没有吃饭,而是跟周佼说:"无论用什么办法,她就是不睡,奶也不吃,好玩的也不要,就是一个劲地哭。"

听邓倩这么说,周佼也发现不对了,襁褓里的婴儿一直在哭,哭得口水鼻涕不住地流,她们的安抚完全不起作用。这不正常。周佼心里咯噔一下,问道:"这孩子哪儿来的?"

"下午行动不是端了一个贩毒吸毒的窝嘛,一个吸毒女的孩子。"

周佼用额头轻轻碰了一下婴儿的额头,试了试她的体温,表情严肃起来:"我带她去尿检。"

听到"尿检"两个字,邓倩有些惊讶,难道这个孩子也染上毒瘾了吗?

"不应该吧……"

周佼非常笃定,抱着婴儿就走。邓倩放下盒饭,也跟了过去。

等待的过程对周佼来说极其煎熬,以她的工作经验,结果大概率和自己猜测的一致——受常年吸毒的妈妈的影响,孩子也出现了毒瘾症状。可她还只是一个婴儿,她的人生还没真正开始……周佼感到有些无力。

结果阳性,整个办公室的人都沉默了,气氛异常凝重。老马想抽烟,看到周佼后又自觉把烟收了起来。

吴恒则愤愤不平道:"这种人就没有资格做父母!"

婴儿已经被邓倩送去医护中心了,暂时没有危险。周佼没有表达什么态度,只是让大家把饭吃了,这种事情她经历太多了,现在胡思乱想也无济于事。

大家吃饭的时候,周佼就盯着墙上做案情分析用的一堆照片看。一张照片的深处,有一个小小的熟悉的身影。

周佼问:"这照片哪来的?"

吴恒说:"这是扫毒组蹲点拍的照片,本来想抓背后的头目赵老大,结果这家伙是个老泥鳅,跑得比谁都快。"

周佼仔细看着照片里小孩的模样,虽然照片像素不高,他人也在背景处,但是依然可以看出来,他的衣着、轮廓和那天在富民里见到的小孩如出一辙,他们就是同一个人。周佼开始翻找其他照片,她想找一个人。果然,在另一张照片的边缘处,一个瘦瘦的男孩的身影映入眼帘。

是那两个孩子。他俩怎么会出现在毒品窝周围呢?是偶然吗?周佼从来不做基于偶然的假设,这对查案没有意义。她猜测,这个小小的发现,可能会成为这次案件侦破的突破口。但因现在的证据和信息太少,她没有声张,只是在心里默默记下。

这段时间,赵老大、毛哥为了躲避风声没怎么来找他们,所以马亮和轩轩也都待在家里,很少动弹。

已经日上三竿了,马亮仍在蒙着头睡觉。轩轩的肚子咕噜咕噜地叫着。突然,轩轩在被子里放了个屁,马亮猛地掀开被子,却没睁开眼,翻了个身接着睡。轩轩着急地跑开,过了一会儿,他回来摇了摇马亮。马亮睁开一只眼,问轩轩:"怎么了?"

"哥哥,我饿了。"

马亮听着轩轩肚子咕咕叫的声音,起身找出铁盒子,想拿钱让他去买点零食,但里面就剩几个硬币了。这段时间,赵老大没给他派活儿,他也就几乎没有收入。之前存的那些钱都花到哪里去了呢?马亮想了想,也记不起来,只无奈地感叹了一下，还是一个人生活自在。

马亮以前往往在一个城市待不到半年就会离开。在江州，他已经待了太久了。在他经常出没的地方，很多人对他有了戒心，以往小偷小摸的手段也经常失手。他自己可以饥一顿饱一顿地凑合着过，但现在有了轩轩，他不忍心让轩轩挨饿。

轩轩撇嘴望着马亮，这时，逐渐清醒的马亮听到自己的肚子也开始叫起来。

马亮独自来到包子铺，盯着热气腾腾的包子。以往他饿了就从这里顺手偷拿一两个充饥，有了轩轩之后，不知怎的，他开始学着别人花钱买包子。这让包子铺老板都觉得诧异。

看着热气腾腾的包子被一笼一笼端走，马亮的肚子叫得更大声了，他不停地咽着口水。他下意识地左右观望，寻找下手的机会。刚好，包子店老板进店招待新来的客人，他趁机闪到蒸笼面前，一只手打开笼屉，里面的蒸汽喷涌而出，瞬间把他整个人淹没了。现在动手，时机最好。伸出手时，马亮却犹豫了，他感觉轩轩在看自己，即便他知道轩轩没有跟来。

蒸汽散去，马亮一抬头，看到老板盯着自己。他装作若无其事的样子缩回手，准备离开，却没想到老板拿了一屉包子装进塑料袋，递给他。

马亮不敢接，老板却没好气地说："接着呀，我不烫手吗？"

马亮还是没接。

"你都摸过了,我怎么卖?"

马亮这才伸手接过包子,低着头灰溜溜地逃开。马亮把还有些滚烫的包子揣进怀里,包子的温度一点一点地融进了他的身体,他暖和起来,刚才饥饿的感觉似乎也随之消失了。

马亮想赶紧回家,把包子给轩轩吃,途中经过总是欺负小孩的那个小胖子家时,看到他背着精致的书包,正准备出门上学。那书包对小胖子来说太小了,紧紧地箍住他的身体,让他看起来像是米其林轮胎标志上的小人。小胖子的妈妈也胖,她追出来,逼着小胖子喝牛奶。小胖子皱着眉头拒绝,他妈妈说:"赶紧喝,你喝了才能长高长大长壮,然后就没人欺负你了。"

马亮对小胖子妈妈的说法嗤之以鼻。谁会欺负他这样的小孩呢?只有他欺负别人的份儿。马亮停住回家的脚步,转头改道去了一家便利店。看店的男人一边看着综艺,一边通过装在角落里防偷盗的凸镜看着他。他知道,自己所有的动作都会被这个镜子放大,又是大白天,他很难动手。马亮本来想放弃,可是货架上琳琅满目的纯牛奶似乎唾手可得,他在偷和不偷之间摇摆不定。突然,有个女人的声音在耳边响起:"拿这个,这个好喝。"

马亮扭头看向女人,正是那天在三岔口买橘子的那名孕妇。

马亮警惕地打量着她,她挺着大肚子,手里提着菜,看起来没有丝毫威胁。

在缉毒行动的照片中发现这两个男孩之后,周佼就有意无意地来富民里附近转悠,期待着能够在这里再次遇到他们,想进一步了解他们;毫无收获时,她就顺便从这里买一些新鲜果蔬回家。今天,她终于遇到了那个大一点的男孩,她看到男孩在便利店门口鼠头鼠脑地望着,于是跟着他进了店。

周佼故作惊讶地看着马亮:"是你啊。脸洗干净了,差点没认出来。"

来了人,更没办法下手了,马亮准备要走,周佼却追问:"你要买牛奶给弟弟喝吗?"她从货架上拿了一箱牛奶递给马亮,"小朋友的话,喝这个比较好,无添加。"

马亮有些纳闷,觉得再次遇到这个女人可能并非偶然,他思索着她为什么要对他们这么热情,是不是别有居心。他并没有去接女人递过来的牛奶,她却催促道:"快接着啊,好重的。"

马亮硬着头皮接过牛奶,往收银台走去,看店的男人说,牛奶三十六——这算是很便宜的牛奶了。看周佼在货架旁挑选东西,并没有看自己这边,马亮心想,可能是他想多了,她或许只是出于好心,并无别的企图。马亮在店主的注视下,从兜里掏出仅有的零钱,一点一点仔细地数给他,然后很快消失在门口。

周佼暗中留意着马亮的动向,看他离开后,刚才热情温和的眼神突然之间变得锐利。

马亮把买来的纯牛奶摆在桌子上,将包子递给轩轩,又给他开了一袋牛奶。轩轩狼吞虎咽地吃着包子,只喝了一口牛奶就皱着眉头停了下来。

马亮问:"怎么不喝?"

轩轩摇摇头说:"腥,我不爱喝。"

马亮把牛奶往轩轩面前推了推:"必须喝,每天早晨喝一袋。"

"为什么要喝?"

"喝了才能长高长大。"

"长高长大了能干吗?"

"长高长大就没人能欺负你了。"

"哥哥可以保护我。"

"我不能一辈子保护你,世界上坏人太多了。"

"坏人有多坏?"

"坏人会抢走你所有的钱。"

"............"

说到坏人,坏人就是欺负自己、伤害自己以及偷自己钱的那些人吧，马亮这么想道。那抛弃自己的人是不是坏人呢？他觉得内心苦涩，索性甩甩头，把自己从那些痛苦的过往中抽离出来。

看着轩轩狼吞虎咽的样子，马亮知道自己得想办法弄点钱了，不然他俩很难熬过这个春天。

没有毛哥的货源，马亮就自己动手。他把目标放在了小家电城以及街边一些不大的店铺上，这些地方人流量大，下手的风险更高，但也更容易浑水摸鱼。为了他和轩轩能够生存下去，他别无他法，只能铤而走险。当初在蓉城学到的那些伎俩，现在可以派上用场了。

他非常清楚赵老大和毛哥他们的销货渠道，只要弄到东西，自然就好出手，只是在赵老大的地盘这么弄，要是被他知道，自己肯定吃不了兜着走。可赵老大最近慑于警方的压力，已经很久没出现了，这至少是个值得尝试一下的机会。

一个旧的小家电市场，店面却不小，摆着各式电器和翻新的手机，琳琅满目，让人眼花缭乱。马亮戴着帽子，装作看电器的样子，在店里来来回回地走。他的目标是老板柜台里新进的几个手机，记得没错的话，那些手机是赵老大的货，也是他自己送进来的。跟了毛哥一段时间之后，马亮多少知道他们那个行当的潜规则，即便这几个手机丢了，老板也不会报警，因为它们本身就来路不正。

趁着老板招待别人,马亮弓着腰进了柜台,迅速地连着袋子把手机顺走,他动作麻利,不带丝毫犹豫。他有自己的道德观,在面对便利店、小超市、菜市场的阿姨时,他总是下不去手,会感到有一股力量在阻拦自己;可是面对现在这样的家电市场老板,他却不假思索——这些原本就是赃物,偷了也没有问题。

尽管得手很顺利,但马亮并没有很快就将手机出手卖掉。他心里有太多的顾虑,他害怕私下交易时被赵老大的人发现,挨更狠的打、赔更多的钱;他也担心自己被抓后一时半会儿回不了家,惹轩轩伤心,连累他……

轩轩发现哥哥最近特别爱自言自语,脾气时好时坏,有时候对自己非常热情,有时候又躲着自己。慢慢地,轩轩也习惯了这样的哥哥,他知道马亮不会离开自己,外出回来还会给自己带吃的。

偷来的那些手机,就这么一直在家里放着。

直到有一天,马亮回到家没看到轩轩,本来以为他出去玩了,可等了许久也没见他回来,带给他的吃的已经凉透了。马亮不安起来,正要下楼去找轩轩,就看到他拉着自己捡垃圾的编织袋回来了,还伸手递给自己几张钱。

马亮问:"钱哪里来的?"

"我看到家里有手机,我就送去给老板了,老板给的钱。"轩轩还是跟往常一样,以为家里的手机是哥哥要自己送出去的货。

马亮在心里估量着这个事情会带来什么后果。看到马亮出神的样子,轩轩继续说:"没人发现的,我还是放在我的袋子里,到了店里送给老板,老板就把钱给我了。"

马亮问:"你送去哪个店了?"他特别担心轩轩送回自己偷手机的那个店,如果是的话,他们肯定完了。

幸亏不是。听到轩轩的回答,马亮悬着的心放了下来,但他还是对轩轩发火了,埋怨他不跟自己说一声就擅自把东西拿出去卖掉。轩轩不理解马亮这突如其来的怒火,他做得跟以前一样,并没有哪里不对,哥哥为什么会发火呢?轩轩没有生气,可看着马亮有点发疯似的摔打东西,他还是委屈地哭了出来。

眼泪就像是一味药,看到泪眼婆婆的轩轩,马亮突然清醒过来,轩轩有什么错呢?他所做的就是自己教给他的事情啊。

这件事之后,轩轩不愿意跟马亮说话了,哪怕马亮有意无意地来接近他,他也只是低着头,一声不吭。

晚上,天气很好,在他们的小家抬头就能看到天上的星星。在大城市里,这样的星空非常难得。轩轩躺着数星星,嘴里哼着时下特别流行的儿歌——综艺节目《爸爸去哪儿》的主题曲。他反反复复地哼唱同一句歌词:"爸比,你会唱小星星吗?"

马亮过来躺在轩轩旁边,问轩轩想不想听故事,轩轩说听过了不想听,因为马亮说来说去就那几个故事。轩轩又问,哥哥会唱歌吗?马亮会唱,但唱歌也会勾起他心头不好的回忆,这些回忆和头上的伤疤一样,刻在那里,永远也长不好,时不时就会痛一下。

马亮不想唱,但看到轩轩在等着自己,他想了想,小声地唱了一首《亲爱的小孩》。他故意唱得很滑稽,逗得轩轩哈哈大笑。

轩轩笑了,两个人也就和好如初了。马亮问轩轩,为什么那么多手机只卖了几百块钱?

轩轩没上过学,不会数数和加减法,通过轩轩的描述,马亮知道了,老板通过非常低级的换零钱的手段,把轩轩手里的钱又给骗了回去。

这之后,马亮又得手了几次,有限地改善了他们的生活,让自己和轩轩不至于忍饥挨饿,其间也没有任何问题出现。他猜测在警方行动期间,赵老大就算是发现了也不敢对自己怎么样。毛哥经常在线打游戏,甚至连续好几天都在线。毛哥没事,就意味着赵老大肯定也没出事,所以私下偷卖手机这件事,他也不敢有太大动作。他也做好了被发现的准备,毕竟这些买手机的人都是赵老大和毛哥的客户。

日子一天一天过去,马亮所谓的攒钱计划始终没有付诸实践，直到毛哥联系了他。

毛哥和马亮约好在大桥那里见面。他们经常在这里碰头，大桥在城市边缘，伴随着城市拆迁，桥两边的居民陆续迁走，大桥渐渐被冷落，只剩下一片狼藉。

马亮猜测，毛哥找他多半是因为自己在赵老大的地盘上偷拿销赃，所以他并不想去。他知道自己能耐太小，胆子也小，可念在毛哥私下没少照顾自己的分儿上，还是赴了约。

毛哥咳嗽得比以前更厉害了，还是嚼着槟榔抽着烟。见到马亮，毛哥开门见山道："城南街有个电脑店新进了一批手机，电子锁坏了，有兴趣吗？"马亮一时不明白是什么意思，毛哥继续说，"这批手机值不少钱，正品国货。我们去弄出来，卖的钱你拿三分之一。"

看来不是因为偷拿销赃的事情。马亮看着毛哥，仔细打量着他的表情，思考他是不是在考验自己。

"是赵老大的意思吗？"

毛哥一直在咳嗽，咳得非常厉害，他不断往嘴里塞槟榔压住咳嗽。

马亮关心地问："怎么没去医院看看？"

"最近风声太紧，去哪里都不安全，赵老大现在躲着，什么都得我去跑。"

毛哥抽着烟，两人看着对面飞驰而过的火车。随着高铁的普及，车站外墙修得愈发严密，马亮再也无法像以前那样轻易进入火车道，顺着火车道找到站台，随便上一辆车，开启一段新的旅程了。

"我能不做吗？"

"为什么不做？有钱赚不好吗？"毛哥轻描淡写地说，他知道马亮心里害怕，但肯定也是心动的。

"赚钱有很多办法，不一定要这样，这一次要是被抓了要坐很久牢的。"

毛哥笑他："你以前小偷小摸，就不用坐牢吗？"

马亮知道，要坐牢的，他也在里面待过很久，只是坐牢这件事对自己来说不一定是坏事，反而可以给自己一种独特的平衡状态，让自己安静下来。但是，他现在不能去坐牢，因为他在等一个坐牢的人出狱。

毛哥又说："你不是要攒钱吗？赵老大把你攒的钱都拿走了，你可以用这个办法再攒回来，还比之前更快，有什么不好吗？"

马亮问毛哥："你就没想过离开赵老大吗？"

毛哥笑了，这一笑略有些心酸和无奈："想离开就能真的离开吗？离开了又能去哪里？跟着赵老大，有吃有住，挺好。你呢，你不也还在这里待着？"

马亮没有回应毛哥的眼神，说："我快要走了，我留在这儿是为了等我爸。"

毛哥伸手比画了一下轩轩的身高，说："身边带一个小的，说走就能走啊？"

听到毛哥说轩轩，马亮打断他："他和我没关系。"

毛哥冷笑了一声，戳穿他："马亮，咱俩都差不多。你要是真的想走，就不能在身边留累赘。活成我们这样，哪还有什么东西能留给别人？钱是好东西，做一单，给自己留点钱，也给轩轩留点，挺好。"又一趟火车飞驰而过，毛哥的话像被火车加速了一样，戳进马亮的耳朵，"从前有一天，我站在这里，突然就想扒着火车离开，随便去哪里，哪里都比这里好，但也只是想想。不知道去哪里，才是最让人难过的。"

毛哥拍拍马亮的肩膀，像是羡慕他一样，因为马亮至少还有要等的人。他扔下烟："你私下里卖手机的那些事，我就不告诉赵老大了。"

离开之前，毛哥让马亮考虑好了给他打电话。马亮反复揣摩着毛哥最后的这些话，他的语气冰冷得没有任何温度，像是在警告自己。

马亮出门了，轩轩就在富民里周围无所事事地溜达，或者蹲在地上看落水挣扎的蚂蚁。他在水坑边捡到了一颗开心果，估计是路过的人掉下来的。他掰开果壳，吃掉里面小小的果仁，他很开心。然后，他把果壳当作小船，放在水面上，看着蚂蚁爬上去。

身穿国王披风的小胖子带着一群小孩嘻嘻哈哈地经过，小孩们围着小胖子，看着小胖子举起手里几张手画的假钱，得意扬扬地吹嘘道："那个瞎眼老太太，根本就认不出来什么是真钱什么是假钱。你们还想吃什么？今天我请你们。"

"我要吃辣条。"

"我要棒棒糖。"

…………

轩轩也好奇，一听到有吃的，就跟在他们后面。

小胖子带着一群小孩来到老太太的小卖部，把画的假钱递给老太太。老太太的眼睛几乎看不见，她用手反复摸了半天手里的钱，其他的小孩都担心被拆穿，只有小胖子自信满满。果然，老太太说着他们听不懂的话，开始给小孩们拿东西。小孩们得逞了，抱着一堆吃的从轩轩身边离开。

看着零食，轩轩的眼睛都在放光。他一路小跑回家，找到马亮买给自己画画的本子，撕下一页纸，趴在桌子上认真地画起来。

马亮回到家的时候，看到四处散落着喝光了的酸奶盒子，轩轩手里还有没喝完的酸奶，而上一次买的牛奶还放在原地，落满了灰。轩轩不爱喝没有味道的纯牛奶，他喜欢酸奶。

马亮问："酸奶怎么来的？"

轩轩掏出剩下没用的假钱，还有老太太找给自己的零钱，仰头看着马亮，一副寻求表扬的样子："我用画的钱买的。"

马亮一脸疑惑："跟谁买的？"

轩轩把小胖子用画的假钱从老太太那里骗零食的事情跟马亮说了。听到这么离谱的事情，马亮气得想抬手教训轩轩一顿，就像自己小时候偷拿家里的东西被爸爸揍一顿一样。但看到轩轩清澈纯真的眼神，马亮放弃了。因为他知道，轩轩并不知道这种行为不好，他只是觉得其他人这么做了，自己也可以做。悬在半空的手落了下来，他狠狠地扇了自己一巴掌，把轩轩吓了一跳。

马亮骂自己："他妈的，都是因为你。"

他觉得，轩轩所有的不好都是自己导致的，再怎么懊恼也无济于事。可他不想轩轩变坏，他内心一直坚定地认为，轩轩不能成为像自己这样的人。马亮把轩轩拽起来，非常正式地告诉轩轩，画假钱骗吃的是不好的事情，必须去跟奶奶道歉。

轩轩不理解，马亮也不知道该怎么跟他解释，他没读过什么书，说不出大道理来，只是跟轩轩说，得去跟奶奶道歉。

马亮带着轩轩来到小卖部门口，在钱盒子里找到了轩轩手画的那张假钱。如此粗糙难看的一张纸，竟这么轻而易举地从一个可怜人身上骗走了钱物。他把真钱放进钱盒子，轩轩在一边不理解地看着。老太太凭借面前光线的变化，感觉到有人来买东西，慢吞吞地站起来询问来人要买点什么。

马亮把轩轩拽过来："跟奶奶说对不起。"

轩轩手足无措，他不愿意，但也不能拒绝，别扭地僵持着。马亮加重语气道："说对不起！"

轩轩这才轻声说了一句："对不起。"

给老太太道完歉之后，马亮又买了一箱酸奶。他想让轩轩知道，不用假钱，他也能喝到酸奶。马亮拆开一个给轩轩，自己也拆了一个打开喝："我也尝尝，看这酸奶到底有多好喝。"

轩轩只顾着喝，开心极了，使劲地嘬着吸管，在家里的这一方小天地里蹦蹦跳跳。等到他安静下来，马亮认真地跟他说："以后不能再这样了，知道吗？"

轩轩不理解："胖仔就是这样做的。"

"胖仔做的事情是不好的事情，你不能学。"

轩轩说："那我可以跟哥哥一起出去吗？"

马亮拒绝："不能，哥哥做的事也不是好事，你也不能做。"

轩轩一知半解，从兜里又掏出一把画好的钱，递给马亮。马亮问："你画这么多钱干吗？"

"我看哥哥一直在存钱，有了这些钱就可以和哥哥一起离开了。"

马亮没想到轩轩那么细心，问他："离开这里，你想去哪里？"

轩轩想了想，说："我和哥哥一起去找妈妈。"

马亮突然鼻子一酸，扭过头去。又是妈妈。他努力让自己不流泪，也不让轩轩发现。就在别过头的那一刻，他想，毛哥说得没错，自己怎么可能会对轩轩不闻不问呢？他留在这里的理由，不仅仅是要等爸爸出狱而已。

马亮还是没有答应毛哥的建议。他并非完全信任毛哥，去见毛哥，也是因为他知道这事背后赵老大指使的可能性不大。但对于要背着赵老大跟毛哥干一票大的这件事，他还没有那么心甘情愿。

然而，命运在驱使着他往那个方向走去。

在江州这么久以来，马亮偷东西几乎没有失手过。他也总得意于自己的聪明，每每得手换到钱，接下来就是他和轩轩最快乐的时光。但俗话说，百密总有一疏。

一天下午，马亮和轩轩在城中村的小吃街里溜达，这里高楼林立，没有那么多亮光，他带着轩轩去了网吧玩游戏。

游戏总是输，马亮被队友痛骂一顿，踢出了组队。马亮骂骂咧咧地去上厕所，把电脑让给轩轩看动画片。马亮蹲着坑，看到有个人在小便池处打电话，兜里竟然揣着一沓红票子。这个人裤兜很浅，那一沓钱有一半都露在外面，像是在向马亮招手。这唾手可得的红票子让马亮内心痒痒的。他昨天才换了钱，要是再加上这些，他和轩轩就可以悠闲生活更长时间。

好巧不巧，打电话的人用耳朵和一侧肩膀夹着手机小解，更方便下手了。马亮心一横，快速提起裤子，从那人身边路过。红票子已经从裤兜消失了，而那个人毫无知觉。

网吧都是人，四处烟雾缭绕的，马亮回到电脑面前，轩轩还在看动画片。

那个人打完电话发现钱没了，就去问网吧老板。马亮用余光瞟到那个人比画着刚才和自己擦肩而过的人的身高。马亮想了想，把钱偷偷塞到轩轩身上，跟轩轩说自己下去给他买吃的，让他等一会儿再下来找自己。轩轩的注意力都在电脑上，只顾着点头。

马亮快速从后门溜了出去。他想，他们肯定不会注意到轩轩，等轩轩来找自己，那一沓钱就自然而然地归他们了。

马亮就在网吧附近等着轩轩来找自己。他找了个视野很好的地方，轩轩只要一出来，他们就能看到彼此。可时间一点一点过去，网吧门口始终没有轩轩的影子，直到一辆警车停在门口，马亮心里猜测着，不会是轩轩被抓到了吧？

马亮本想靠近网吧去探个究竟，却又害怕地停在网吧门口。又过了一会儿，马亮看到警察拽着轩轩的手走出来，轩轩也看到了不远处的马亮，但他没说话，听话地跟着警察上了车。

警车从身边开过，马亮面对墙站着。这是他从监狱里出来之后一直有的习惯动作，这样会让他有一种虚假的隐蔽感，像是头埋在沙子里的鸵鸟。这一次他真的疏忽了，他不应该把轩轩留在网吧里。像轩轩这样的小孩独自在网吧上网，看起来怎么会不奇怪呢？钱还在他身上，这下子好了，自己彻底害了轩轩。

马亮不知道轩轩被带去了哪里，也不知道去哪里找他。他能做的就是在富民里周围转着圈，等轩轩自己回来。似乎是担心被发现，他没有回他们的小家，而是在各种房子的屋顶上行走、蹲着，或者发呆。

轩轩被警察带去了派出所，他一口咬定身上的钱是自己捡的。警察把钱还给了那个人，一分不少，看到轩轩只是一个小孩子，对方也没有追究什么。警察要送轩轩回家，问他住在哪里、叫什么名字，轩轩眼睛一转，说了爷爷的垃圾站。

警察要送轩轩回去的时候，周佼和吴恒正好来派出所调取监控，周佼凑巧看到了在角落里坐着的轩轩。警察跟周佼说，这小孩偷别人的钱被发现了，他说是捡到的，而当事人则说是有人从自己兜里掏走的；考虑到他太小了，只能将钱物归原主之后，送他回家让家长教育。

周佼着急开会，就没留意这件事。

警察把轩轩送回了他爷爷的垃圾站，跟爷爷如实讲述了事情的经过，要求他好好管教孩子。爷爷一个劲地点头。然而等警察一走，轩轩就看到了爷爷眼睛里流露出的愤怒。

他没挨揍，而是被爷爷锁了起来。爷爷一边骂着他还有他爸妈，一边把他锁进储物间。储物间是用来存放相对贵重的东西的，被一张铁丝网围着。轩轩没哭没闹，找了一个地方坐着，时不时看向外面，期待着有人来救自己。

马亮在家里等到天黑，也没等到轩轩回来。他想到了，如果轩轩没事，应该会被送回他爷爷那里去。马亮趁着天黑来到爷爷家，看到正门从外面锁着。他想，轩轩爷爷应该是出去打麻将了，还没回来。马亮踩着杂物爬上墙头。

月光下，马亮在墙头上往垃圾站里看，寻找轩轩的影子。在黑暗中，他看到了一双亮亮的眼睛。被锁在铁丝网里的轩轩也看到了墙头上冒出的人，他猜一定是哥哥。轩轩嘴一扁，委屈的眼泪夺眶而出。

马亮来到铁丝网旁边，还没等他说话，轩轩就告诉他，自己什么都没说，只说钱是捡来的，这样警察就不会找哥哥了。尽管马亮想过，轩轩没有出卖自己，不然自己早被警察抓了，可亲耳听到轩轩这么讲，他更难过了。

马亮没有钥匙，只能选择从拼接处撕开铁丝网，把轩轩抱出来。那些细小的铁丝扎进手心，他觉得疼，但是懊恼的感觉盖过了疼痛。

院子里安安静静的，马亮上下打量着轩轩，什么也没说。他其实很想哭，因为借着月光，他清楚地看到了轩轩眼角的泪痕。马亮忍住眼泪，拉着轩轩的手，说："走吧。"

两个人回去的路上，轩轩已经忘记了白天发生的事情，他兴冲冲地小跑着、欢呼着。马亮看着轩轩奔跑的小身影，心想，毛哥说的也许没有错，自己确实被这个小孩牵绊住了。为了防止这样的事情再发生，他决定答应毛哥。

他也许可以给轩轩一个好一点的未来呢？

第二天，周佼办完事情之后想起了轩轩，就跟同事要了地址，来到了城南的垃圾站。

眼前的一切触目惊心，看到那个被绳子拴着的小女孩冲自己笑的时候，她甚至觉得脊背发凉。

轩轩爷爷还是那个样子，见到来的人是警察，低着头，不管周佼说什么都点头。轩轩爷爷说，轩轩被人拐走了，极力地想撇清自己的责任。

周佼看着被人撕开的铁丝网，陷入了沉思……

对于要下手的地方，毛哥已经踩了很久的点。报警装置早已荒废，不过报警灯还是亮着，能吓退很多人。最近，毛哥发现店门的电子安全锁也坏了，只有一个自行车套锁拴在门上。毛哥用一根别针熟练地打开了门锁。

马亮问毛哥这技术是跟谁学的。毛哥说自己刚出来混的时候没地方住，跟一个开锁的老师傅生活了一段时间。开锁师傅告诉他，这个世界上没有绝对安全的锁，只有精湛的技术。

马亮似信非信。看到马亮盯着自己手里的铁丝不说话，毛哥问："想学吗？"

马亮连忙摇头。毛哥说："我给你望风，你去把东西取出来。柜台后面有个仓库，就在架子上。"

马亮纳闷，毛哥既然能轻而易举地打开门锁，为什么不自己进去取货，还要把所得分他三分之一呢？借着路灯，他想从毛哥脸上找到一些这件事没那么简单的证据，可是毛哥点着了烟,吐出来的烟圈遮盖住了他的表情。

"去啊,愣着干什么?"

马亮把想问的话咽了回去,现在想这些似乎不合时宜,多耽误一秒钟,他俩被抓的可能性就会大几分。门已经被打开,这条贼船他早就上来了,这个时候还思考什么对与错?还是钱比较重要。

马亮猫着身子钻进店里。相比之前他经常光顾的地方,这个店面积很大,以至于他没有很快找到路。黑暗中,他撞到了一个货柜,发出巨大的声响。报警器果然坏了,这么大动静也没有惊扰到它。

毛哥在外面听到声响后小声问:"怎么了?"

马亮回答:"没事。"

毛哥骂了一句,让马亮快点。按照毛哥说的,马亮很快找到了仓库,仓库也没有锁,一推门就能看到架子上的货。即便马亮对电子产品没有那么了解,他也知道,那是最新款的苹果手机,都没有拆封,按照市场价,这些手机值小几十万。这是他经手过的最贵的一批货了,可能比过去他偷到的所有东西加起来还要值钱。

在蓉城被送进少管所的经历在马亮脑海里闪过。少管所和一般的监狱不同,会有专门的老师来教课,教那些误入歧途的少年文化知识和法律知识。如果他没有记错，偷盗金额达到现在的这个额度，至少要判三年以上的有期徒刑。

马亮又在心里挣扎起来，像有两个小人在打架，一个反复告诉自己，你是好孩子，你不需要这样做，忍忍就可以过得去；另一个则反驳说，钱不重要吗？没钱不得喝西北风？做吧，不会有事的。

从外面传来毛哥的咳嗽声，把马亮从纠结中拽了回来。马亮知道，这是毛哥在催促自己。最近风头紧，几乎在大街上的每个路口都能遇到执勤盘查的警察，他们这个时候行动，一不小心就会被抓个现行。毛哥也很紧张，先前都是按赵老大的指示行事，现如今赵老大不知去向，自己的生活也没了着落，跟街头的流浪狗没什么两样，他也需要钱。

马亮出来了，毛哥从他手里接过沉甸甸的袋子，打开一看，开心溢于言表。马亮看着毛哥的笑，内心有点发毛，问："真没事吗？"

毛哥把袋子重新系好，背在身上，说："没事，放心。"

毛哥让马亮等自己的消息，钱到手了就给他。走了两步，毛哥又扭过头，认真地问马亮："还想继续吗？"

马亮没懂。

"过几天还有货，还做吗？"

马亮终于看清了毛哥脸上的表情,那笑容里除了自信,还有贪婪。马亮不假思索地回答:"做!为什么不做!"

毛哥笑着消失在夜色里,留下一句:"等我电话。"

和毛哥出去的时间很难把握,因为他们动手的地方有时候离市区很远,有时候很近,马亮很难想到毛哥是怎么找到这些货源的。为了防止轩轩自己在家挨饿,他会提前给轩轩买好吃的喝的,叮嘱他等自己回来。

轩轩问马亮自己可以出去玩吗,马亮也没拦着,跟他说躲着小胖子就行。

整个白天,轩轩就拖着自己随手捡来的纸板在富民里周围晃悠,看到可以卖钱的东西,就捡起来兜在一起。他小小的身影出没在大小商圈周围,或被人赶,或被人逗。没有马亮的陪伴,他依然是这个城市里最渺小的存在。

遇到有人逗他,他也会笑,捡起人家故意扔在地上的彩虹糖塞进嘴里。人家问他甜不甜,他咧嘴说甜,接着就迎来一阵大笑。轩轩对任何人都不防备,丝毫没有意识到他们对自己的狂笑意味着什么。

有人问轩轩捡垃圾能卖多少钱,轩轩一五一十地跟别人分享纸板多少钱、瓶子多少钱,还跟别人解释,自己是在帮哥哥攒钱，这样就可以一起去买大房子了。

绝大部分人逗轩轩只是为了寻开心，而有一些人则是在带着恶意伤害他。

三四个无所事事的街头混混看着轩轩在四处捡东西，不知道是谁，提议要捉弄他。他们把轩轩叫过来，指着旁边的一堆纸箱子，说是专门给他准备的。轩轩毫无戒心，一边说着谢谢一边去捡纸箱子，但太重了，他根本拿不起来。这几个人装作好心地帮忙，他们把纸箱子高高抬起来，被他们放进纸箱的恶臭垃圾，还有不知道从哪里搜刮来的泔水，就这样一股脑地洒在了轩轩身上。

混混们大笑不已，怪叫着跑开了。而轩轩在原地不知所措，狼狈的样子引人侧目，却没人上前来帮助他。

轩轩很难过，但没有哭，他似乎习惯了这种街头霸凌。他在意的是，废品站的老板不会再收这些被弄脏的纸箱了，他尝试着去清理，最终还是轻轻地叹了一口气，无奈地丢下箱子，走过人群，离开这里。

轩轩找最偏僻的角落走着，尽量避开路人，他不想看到别人对着自己捏鼻子的样子。慢慢长大的他，开始有了一点点自尊。虽然他不知道这是什么意思，但别人对着自己翻白眼的样子，让他很不开心。

轩轩第一次叹气,他甚至都不知道为什么要叹气。他曾看到马亮不开心时长长地呼出一口气,然后就会放下一些什么,所以他也学着长叹了一口气。

捏鼻子、翻白眼的人多了,轩轩的头越来越低。他听到有人喊"小孩",好像在喊自己,他四下寻找声音的来处,是那个大肚子阿姨,她在看着自己,她在叫自己。

盗窃案是公安局的侦破重点,这类案件数量最多,也最影响普通市民的生活。但是盗窃案很难办结,一是因为案发的地方大多在缺少监控的"三不管"地带,且盗窃手法极其隐秘;二是因为基层公安民警人手不足,无暇全面处理高频次发生的案件的侦办工作。周佼带领的便衣刑警支队几乎承担了整个江州市核心区盗窃案的侦破任务。

任务繁重,同事们累得连吃饭、睡觉和回家洗澡的时间都没有,而且周佼是队长,她不出现,队里的年轻人多少会有些六神无主。因此,尽管怀着孕行动不便,她每天都准时到队里,要么开案件讨论会布置工作,要么给大家买吃的,或者就坐在角落里睡一觉。

一开始,秦奋还表示理解,早晚接送,但是时间久了,眼瞅着周佼的身子越来越重,他开始担心周佼这么来回奔波身体会吃不消。

深夜，周佼还没睡着。只要一闭眼，最近发生的事就会浮现在脑海当中，然后她就会惊醒。

最近困扰她的，就是那个染上了毒瘾的婴儿。一躺下，她的耳边就会响起婴儿的啼哭声，格外刺耳，让她无法入睡。周佼睡不着，索性坐起来看着黑夜发呆。

秦奋也醒了，看到周佼的样子，打开灯关切道："怎么了？不舒服吗？"

周佼一直在思考，没有立刻回答秦奋的问话，过了许久才说："我在思考自己以后会不会是一个好妈妈。"

秦奋一听，困意消退了不少，也坐了起来："怎么半夜想起这个了？"

周佼把那个婴儿的事情说给秦奋听，说完，夫妻俩都沉默了。

"周佼，作为家属，我一直都很支持你的工作，无条件支持。可你是不是也得为我们家考虑考虑？你现在的头等大事是肚子里的孩子，你现在是在休假，你知道吗？"

周佼当然知道。秦奋说的每一句话都对，自己在休假，本可以不管单位的任何事情，还有几个月孩子就要出生了，她做妈妈的愿望也要成真了，还有什么事情比孩子更重要呢？

但她会不由自主地想到那个染上毒瘾的婴儿，她也去看守所看了婴儿的妈妈。染上毒瘾的女人在看守所里,大小便失禁,流着口水,整个人像一摊烂泥一样,两条胳膊上密密麻麻地布满了注射毒品后留下的针孔,画面触目惊心。

想到一件事,就会联想到很多事。她办结的案子里那些面孔稚嫩的孩子,会在她闭上眼之后一个一个地走过来看着自己。也许正因如此,她才会凭直觉认为那一大一小两个孩子有问题。

面对爱人的埋怨,周佼不知道怎么回答,她想了一会儿,默默地说:"没事,睡吧。"

秦奋也知道她不会给自己答案,哪怕是说几句好话让他今天好受一点。但这就是周佼,她比自己想得多,格局也更大。

关上灯,夫妻俩没再说一句话,两个人睡意全无,都瞪着这黑夜。

第二天,周佼去城郊城中村"小香港"暗访盗窃案的销赃渠道。销赃的终端,绝大多数藏在这些鱼龙混杂的地方。收到名贵烟酒之后,找上熟悉的人,把标签一换就能倒出手;电子产品麻烦一点,二手的拆开之后卖零件,新手机直接半价卖给爱慕虚荣的年轻人,至于那些偷来的手机,则被送到技术好的电子维修店,直接刷成新机,送进二手手机回收店,或者挂在网上兜售。别看一个个店面窄小,这些都是据点,背后有张巨大的网连着它们。

而给这些产业链供货的人，绝大部分是流窜在街头巷尾的小偷们，并且大多数从还是孩子的时候就开始干了。对于盗窃团伙来说，孩子是最廉价的劳动力，也是最廉价的进货工具。

前不久连续发生的手机盗窃案，技术分析显示为同一拨人所为。犯案人员手法相同，不靠暴力开锁，而是使用专业工具开锁入室盗窃，不留任何痕迹，所以多案合并侦办。这次案件所涉金额巨大，所以被列为重点侦破案件。丢的货都是正品新货，每一个手机上都带着数据码，只要流入市场就能发现，可是过了很久这些货依然没有任何动静。在没有线索的时候，周佼他们会用最原始的手段来寻找线索。

监视器里仅仅拍到了冰山一角，显示"小香港"和这系列案子有一点联系。暗访寻找线索就是大海捞针，大多数时候不会有什么有用信息出现。经过多日的暗访调查，周佼猜测，盗窃的人还没出货。

"小香港"这里有一家卤味很有名，以往经常需要排队。秦奋喜欢吃这家的卤味，周佼今日收队早，看到人少，就决定买点回去，补偿一下他。

就在排队等待的时候，她闻到了一股馊臭的味道，随即不由得干呕起来。排队的人也都捂着口鼻。一身脏污的轩轩从队伍后面走过。周佼看到轩轩离开的小身影，心想，那不是上一次在派出所看到的小孩吗？她还去了轩轩爷爷家，确认了轩轩和那个大男孩不是亲生兄弟。

周佼小跑着追过去。轩轩走累了，委屈地在一个角落里蹲着。周佼找到了他，远远地喊了他一声："小孩。"

轩轩没听到。她又喊了一声，轩轩才注意到了她。

周佼费尽力气扶着墙，跟着轩轩来到他天台上的家，打量着周围。从下面看上来，这里只是一片废墟，不会有人想要上来。谁承想，这样的一块地方却被人打造成了一个"家"。虽然看上去简陋，但该有的生活设施一应俱全。

周佼目光所及之处都是四处搜刮捡拾而来的废品，可是陈列布置却非常温馨。角落里有一堆不知道从哪里弄来的旧衣服，被堆成了一匹小马，轩轩就骑在上面咧着嘴笑。

周佼摸了摸所谓的"床"，就是一块木板而已，上面放着薄薄的被子。床边还有一块地方，也简单地铺着衣服被褥，那应该是马亮休息的地方。

周佼问："你们晚上冷不冷？"

"晚上跟哥哥一起睡就不冷了。"

周佼看了看轩轩，他身上的味道基本散掉了，污秽风干后依然粘在他的衣服上。她看得心里难过，在轩轩爷爷那里看到的景象和眼前的一切，都冲击着周佼的神经，她想为轩轩做点事。

"你有衣服换吗？"

轩轩摇了摇头。

周佼知道附近有个卖衣服的店，便让轩轩等她一下。她用最快的速度去了那家店，大概比照着轩轩的身高，买了几件衣服回来。不过百来米的距离，一去一返，她就累得气喘吁吁、满头大汗了。

天气还不算太冷，周佼想用烧水壶烧壶热水，帮轩轩把他身上的脏东西擦掉，换上新衣服。她让轩轩帮忙去打水，自己则在小家里收拾。

水壶平时被马亮用来煮泡面，所以第一壶水倒出来有一股调料味。周佼把壶刷干净后，他们又来回打了好几次水，才终于把热水搞定。

轩轩有些不好意思，在周佼的哄劝下才扭捏着脱了衣服。周佼蹲不下来，就找了几块砖头摞在一起，坐在上面帮轩轩擦洗身体。轩轩一直都没洗过澡，不管周佼怎么使劲，也只能擦掉他身体表面的脏污，身上常年积下来的灰垢怎么都弄不掉，但总归好很多了。

周佼帮轩轩擦完身体，又给他换上新衣服，每一步都温柔无比。轩轩被周佼碰到痒痒肉时，还会躲避着笑。轩轩笑起来很可

— 136 —

爱，有那么一刻，周佼恍惚了，仿佛她不是在给一个陌生小孩洗澡，而是在给自己孩子洗澡，母子两人嬉闹欢笑。

马亮回来很久了，他刚到楼下就听到楼上有女人的声音，还有轩轩的笑声，他没有上楼，而是三步并作两步去了附近的高处。那里有一处还没倒塌的楼梯，顶部有一处开口，正好可以看到自己的家，而且足够隐蔽，不会被发现。这个地方只有他自己知道。

马亮透过缝隙观察着自己家里发生的一切。他看到周佼在给轩轩洗脸、擦身子，她大着肚子，样子慈爱温柔，可马亮怎么看都觉得她跟赵老大那里的人贩子一个样，他紧绷着神经。

轩轩变成了一个干净的孩子，周佼顿时觉得心里舒服了一些。她把一个电话号码写在一张纸上，递给轩轩："以后要是遇到问题就给阿姨打电话。"

轩轩还沉浸在穿上新衣服的喜悦里面，只顾着点头答应。

周佼走之前，习惯性地四处观察了一下，她看到了马亮买的那箱牛奶，打开了，许久也没人喝。她想，那个孩子到底是谁呢？为什么要养着一个和自己没有任何关系的小孩呢？从家里的这些东西看，他们真的在很努力很认真地生活。

看到周佼离开，马亮远远地在后面跟着她，他想知道这个女人为什么会突然出现在自己的生活里,上一次算是偶遇,那这一次她的目的是什么呢?

周佼累了,走得慢腾腾的,她知道背后有人跟着,即便那个人的脚步很轻。在这种地方被人尾随,多半不是好事。要是以往,她根本不用担心什么,以她的身手,两三个成年人都不一定是她的对手,她三两下就能一个背摔把尾随的人压制住,可是现在她不得不多加留意。

她默默地打开手机通讯录,紧急联系人是吴恒,只要她长按这个名字,吴恒就能知道自己遇到事了。前面几十米的地方就是马路,有明亮的路灯,周围都是摄像头,只要到了那里,尾随的人就不敢动手了。又走了几步之后,周佼感觉到背后的脚步声没了,她停下来回头确认,背后确实没有人。周佼疑惑,难道是自己耳朵出问题了?

回过头,周佼看到了正前方等着她的马亮。即便周遭的光线不足,周佼也能感受到从他眼神里射出来的敌意。

"你是谁?为什么要来我家?"

周佼看着黑暗里的马亮,尽量把语气放平和:"下午看到你弟弟被人欺负了,给他买几件衣服而已。"

马亮不信,防备着任何接触他的人。他猜测面前的女人多半是跟赵老大有关系的人贩子,他们的目标是轩轩;但他也不确定，因为他从没看到这个人在赵老大的地盘上出现过。马亮决定试探一下她："赵老大让你来的？"

听到赵老大，周佼心里咯噔一下。赵老大是这次专案行动的目标之一，周佼心里快速闪过几张照片——案情分析会明确说赵老大已经躲起来了，但是他们拍到了一些照片，照片上就有他和轩轩的背影。

一开始周佼觉得这可能是路人误入，她并没有直接证据证明兄弟俩跟赵老大一定有关系，她对他们的兴趣完全出自好奇，她想了解他们身上有着怎样的故事。办了太多案子，看了太多孩子的经历，她习惯性地想知道他们生活的世界是什么样的。现在，面前的这个孩子提到了赵老大，那就说明照片上的他们不是误入，至少和案件是有关联的。

周佼快速地在心里推演了所有的过程，依旧平和地解释说，自己不认识赵老大，她就是下午遇到被人弄了一身泔水的轩轩，所以想帮他洗个澡、换身衣服。周佼尽量用邻家姐姐的口吻说着话，想打消马亮对自己的怀疑。

路灯下，周佼挺着肚子和自己说话的样子让马亮觉得，她跟赵老大身边的那几个贩卖小孩的女人不一样，她们不会用这种语气跟自己说话。如果她真的是坏人，轩轩早被拐走了，自己也根本拦不住她。马亮想了想，觉得自己有点冒失，语气温和了一些："你不要再来了。"

周佼看着马亮快速地消失在夜色里，松了一口气。她给吴恒发了信息，将自己的新发现告诉他，让他准备一下资料，也许这能成为办案的突破口。

马亮回到家，轩轩迫不及待地向他展示自己的新衣服。洗得干干净净的轩轩，换上了新衣服，像换了一个人。水盆里的水还没倒掉，马亮低头看了一下水里的倒影，觉得自己根本不像一个正常人。一时间，马亮觉得轩轩跟着自己也许并不是一件好事，他没办法像个正常人一样给他新衣服，教他数数。但他也知道，即便轩轩跟着爷爷奶奶，也未必能好到哪里去。

轩轩还在反复看着新衣服，马亮看着他，内心五味杂陈，问轩轩："你为什么觉得那个阿姨是好人？"

轩轩说："她身上有妈妈的味道。"

马亮看着弟弟，若有所思："想妈妈吗？"

轩轩不说话，他不敢说，担心哥哥像上次一样生气。马亮在等轩轩回答，他知道轩轩怕自己生气，便对他笑了笑。轩轩看到哥哥笑了，想了想还是说出了自己的心里话："想。"

马亮若有所思，对轩轩说："哥哥会努力赚钱的，然后给你买好多好看的衣服。"

轩轩突然兴奋起来："然后带我去找妈妈吗？"

马亮只能用微笑来回答他。

马亮是和毛哥一起出去扫的货，得手的东西都很贵重，这批来路清晰的货想要出手自然也很难。毛哥一直跟马亮说等自己出了货就把钱给他，但实际上毛哥承诺给自己的钱，到现在他一分也没见到。不仅如此，毛哥像人间蒸发了一样，电话不接，信息不回。

马亮不停地尝试联系毛哥，直到手机语音提示毛哥关机，他这才意识到被毛哥骗了。马亮狠狠地把手机摔在墙上。他冒险跟毛哥出去做这些事，就是为了钱，到头来却一场空。眼下的生活都难以为继，还谈何攒钱呢？现在想想，马亮觉得自己很可笑。

然而，他并不知道毛哥被抓了。

第五章　浮尘

毛哥因为咳得太厉害，不得已去了医院看病。在分诊台，他拿着身份证，依照护士的要求去办理挂号。但他没注意，他的身份证在系统里是有特别标记的，护士不动声色地报了警。

毛哥还没进 CT 室，警察就来了。他只顾着咳嗽，放松了对周围的戒备，等发现警察的时候，他知道自己已经逃不掉了。他狂咳不止，几乎要把肺咳爆了。

毛哥被带到公安局专门成立的医疗看守所关押起来。那是专门为患有重病的犯人成立的单位，外观上跟其他医院别无二致，里面却是看守所的配置，处处都是铁门栏杆。毛哥被安置在最高的楼层，按照这里的划分，楼层越高代表着病症越重。

周佼接到电话,听到"毛毛"这个名字,惊讶不已——这是个存在于她记忆深处的名字。

周佼走进医疗看守所,进电梯之前,工作人员递过来一个防呼吸道传染的 N95 口罩。看到需要这种防护,周佼心头一惊,她知道毛毛的状态不容乐观。

走进病房之前,医生告诉周佼,毛毛患有严重的肺结核病,已经耽误治疗很久了。

"另外……"医生停顿了一下。

周佼追问:"另外怎么了?"

"他长期注射毒品,所以他现在的免疫系统基本坏掉了,这样的状况,临床的建议是……"医生没说完,周佼也明白他的意思。

"也就是说,没的救了?"周佼问。医生默认。

医生走了,周佼在病房外面犹豫了很久,做足了心理准备,在病房门口戴好口罩后,推开了门。

毛毛打了镇静药剂,此刻安静地睡着,呼吸很浅。他胸前的衣服上带着已经干了的血迹。在被抓捕的时候,他咳得厉害,一口血直接喷了出来。那一摊血已经干了,变成了褐色。

周佼就这么一动不动地注视了毛毛几分钟。突然,她感觉到有一些晕眩,连忙逃出病房,摘掉口罩,大口喘息。陪同而来的同事看到她的样子,不免担心起来。周佼摆摆手,示意自己没事，想一个人安静一下。

毛毛过去的事情一点一滴地在周佼的面前浮现。

2008年，四年一度的体育盛会在北京举办，全国各地都沉浸在一种极度兴奋的气氛里，几乎所有的商场都聚满了欢呼庆祝的人。

周佼刚从公安大学毕业，被分配到了江州市公安局下辖的一个派出所。重大活动举办期间，整个公安系统几乎人人上阵，在全国上下各个人群聚集的地方巡逻警备，以防发生重大安全事故或者刑事案件。

周佼执勤的市政广场，是由旧市场改造而来。这里以往是江州老区人们的生活聚集区，地势低洼，又靠近江边，由于市政发展需要，在低洼的地面上加盖了一层，形成了市政广场，平坦而开阔，成为江州的门面工程。而江边原来的市井集市被保留下来，成为市政广场的地下商圈，这里空间狭窄，人流密集，商铺众多，是本次巡逻警备的重点区域。

考上公安大学之前，周佼是省里重点培养的体育运动员，多次参加全国摔跤比赛，获得过很好的名次，周佼也曾期待有一天可以代表中国参加世界大赛，站上最高领奖台，胸前挂着金牌唱国歌。可是一次训练失误，对她的膝盖尤其是半月板造成了不可修复的损伤,这让周佼彻底告别了运动生涯。

周佼用了两三年时间努力地走出人生低谷,她想,既然做不到在国际赛场上为国争光,那就在其他岗位上实现自我价值。后来她考上了公安大学,因为聪明好学,而且体质极佳,所以入学之后成绩也名列前茅。曾经的失意伴随着成长变成了回忆,她现在成了一名光荣的人民警察。

每一个优秀警察的成长都是从基层开始的,她来到派出所的第一个外出任务,就是在市政广场巡逻,维持治安。巡逻的过程中,电视机、广场LED屏,还有车载广播里,不断传来比赛的消息——谁得了金牌、谁为国争了光、谁创造了新的世界纪录。

这些话传进耳朵里,周佼要说不难过,是假的,但她努力维持着表面的平静,在没人的地方才会叹一口气,气叹完了,就继续投入工作。这次任务,是她和毛毛初次相遇的契机。

当时她正在地下商圈里巡逻,执勤进入第二周,没有任何事情发生,除了找孩子、救宠物的,连个吵架的人都没有。其实,越是大型活动期间,违法犯罪的事情反而越少。看到大街上都处于警备状态,聪明的人都会选择在家里待着。

2008年的时候,电子产品还是新鲜的贵重物品,但在江州的各种商圈已经出现了专门卖MP3、MP4的店,这小小的玩意价值不菲,带牌子的价钱更是翻番。

周佼先是看到市场深处的人群里有骚动，紧接着传来一阵阵尖叫，就像兔子被宰杀之前的那种长鸣。意识到有状况，她连忙跑了过去，挤过围观的人群之后，只见一个壮硕的男人正抡着巴掌教训小偷，嘴里骂骂咧咧的，尖叫声就是男人身下的小偷发出来的。

周佼动作麻利地拦住了男人，奈何他力气大得很，差一点把周佼给带飞出去。男人以为来者是小偷的同伙，正要骂人，抬头一看是个警察，立马闭了嘴。

男人依然坐在小偷身上，这小偷个头很小，被男人压得死死的，不能动弹，看到男人不放开他，就一个劲儿地朝着男人吐口水。

看到警察来了，群众也不再起哄。

周佼问："怎么回事？"

"抓了个小偷。"男人说。他是旁边电子店的老板。

老板身下的人还在挣扎，周佼让老板起身，老板却不愿意，周佼瞪了他一眼，他才站起来。身下的小偷被放开后，爬起来就要走，却被周佼反手抓住了。周佼这才看清楚小偷的样子，让她吃惊的是，这分明是个孩子。这个孩子就是毛毛，后来的毛哥。

老板指着毛毛的手说："你看，这是他偷的，我亲眼看到的。"

一个小小的MP4被毛毛死死地攥在手心里。老板过来要夺，毛毛就是不松手，老板就上手抠，让他交出来。也许是老板的力气太大了，毛毛疼得哇哇大叫，却还是不松手，大喊："这是我的MP4，是他偷的。"

老板听毛毛这么说，又开始动手。毛毛也不放过老板，张嘴就咬，现场乱成一片。周佼没办法，只能把两个人都带回了派出所。

毛毛在派出所什么都不说，只是眼神凶狠地盯着老板。MP4还在手里攥着，就是不放，而且凶狠地对着任何想靠近他的人大喊大叫。

老板坚称毛毛被抓到的时候人赃俱获，还有人证，加上因为没有造成实际损失，最后，派出所匆匆结案，没有再深究了。周佼他们很快找到了毛毛的家长，出人意料的是，毛毛的父母是开着昂贵的宝马轿车来到派出所的。

毛毛父母来了之后，不询问发生了什么事，而是直接给老板道歉，并拿了一千块钱作为补偿。老板看到这么多钱，当下就不追究了，让他们把孩子带回去好好管教。

周佼跟毛毛父母陈述事情的经过，他们听着，但总感觉是左耳进右耳出，一直应付似的说着"好的""知道了""谢谢"。他们并不关心警察说的事情是什么，也没有关心毛毛的状况。

被父母带走的时候，毛毛一开始抗拒着不愿意走，双手死死地扒着派出所的椅子。直到毛毛父亲大吼一声，他才松开手，攥了一天的 MP4 也掉在地上。他的手因为长时间用力而变得青紫，还在颤抖着。

周佼记得很清楚，毛毛离开派出所之前回头看了她一眼。毛毛在哭，但没有哭出声音，眼泪像线一样掉下，样子极尽委屈。从派出所到车上，他的眼泪就没断过，他一直回头看周佼，似乎在期待什么或者请求什么。

周佼忘不了他那张脸，那时候毛毛十三岁。

没过几个月，周佼第一次参与侦破盗窃案件，在协助办案时，周佼又一次见到了电子店老板。这次，老板变成了嫌犯，他因为销售被盗物品，构成了盗窃罪。

虽然审讯和侦查的结果里没有任何跟毛毛相关的信息，但是这个老板日常干的这些勾当，让周佼想起了毛毛离开派出所之前看自己的眼神。她想，那个小得都不能称之为案件的事情，真相真的是她看到的那样吗？

两年后，已经成为刑警队一员的周佼，接到同事的电话，说城北中学门口发生了持械斗殴事件，有人持刀伤人，行凶者已被抓获，现在在送往公安局的路上。因为周佼处理了很多未成年犯罪案件，所以领导要求她来主审嫌疑人。

周佼大学时犯罪心理学成绩优秀，这让她在实际的审讯环节发挥了独特的优势，往往有较为重大的案件时，局里的领导都会希望周佼能够参与其中。整个江州市，像她一样两年内就快速成长为刑警队骨干的派出所民警，寥寥无几。

中学门口发生恶性事件，很容易引起社会舆论的广泛关注，是重大事件。有人受重伤也让事态变得更加严峻了。

周佼进入审讯室，看到了持刀伤人的凶手。那人低着头，身形瘦削，一头染得五颜六色的长发被从头顶编成一条麻花辫子，搭在后背上，他身上穿着带有铆钉的牛仔衣裤，衣服上面沾着血迹。

陪同审讯的警察说："他没有拒捕，全程配合。"

周佼深吸一口气，说："抬头。"

凶手没动，周佼拍了一下桌子："抬头！"

凶手抬起头，一双眼睛透过齐刘海凶悍地看向周佼。

周佼问："叫什么？！"

"毛毛。"

"多大？"

"十五。"

周佼心里咯噔了一下，是那个含泪看着自己、不愿意离去的孩子毛毛吗？周佼仔细看了一下眼前的人。是他，两年了，他长高了很多，额头变宽，以前的婴儿肥也褪去了，但是眼神没变。毛毛也认出了周佼，突然笑了一下，透着戏谑，像在嘲笑这该死的巧合。

案件不复杂。城北中学的一个男生和同校女生谈恋爱，结果被女生在校外的"对象"发现了，这个人混社会，有个小小的团伙，自己是大哥，毛毛是他的手下。大哥跟男生互不相让，约好放学后在校门口决一胜负。

男生没想到大哥带来了那么多人，返校叫人时被毛毛堵在学校门口。男生大骂毛毛，而毛毛说他没种，约好的架都敢跑，没能耐别找女朋友。被毛毛羞辱的男生亮出了拿来壮胆的水果刀，作势要捅人，结果被毛毛夺了下来，争执之间，男生被捅伤了。

周佼听完之后，问毛毛："所以，你的意思是误伤？"

毛毛连忙摇头说："不是，是我捅的。"

周佼没想到，毛毛会那么干脆地承认自己是故意伤害。从犯罪心理学的角度说，嫌疑人往往会努力寻找理由为自己脱罪。她不是没见过主动承认犯罪的人，但是十五岁的小孩这么做，她始料未及。

毛毛还未成年，虽然也需要负刑事责任，可如果是非自己主动导致的犯罪，法官在量刑时会依法酌情减轻刑罚。绝大多数时候，犯事的孩子都会表达忏悔以寻求谅解，可是面前的毛毛恰恰相反。

仅仅两年没见，他已经变得这么陌生了。当年那个委屈地哭着看向自己的孩子，到底经历了什么？

被捅伤的男生经过治疗后出院了，但留下了一堆后遗症，经司法鉴定达到了一定的致残标准，所以毛毛被检察院依法起诉。

周佼在案情侦查阶段见了毛毛的父母两次。每一次他们来，开的车都不一样，但毫无例外都是名贵的进口车。他们跟周佼交流的时候，还是跟两年前一样，安静又敷衍地点头听着，不发表意见，听完了就走，需要签字时却会仔细检查完每一行字再下笔。周佼觉得他们看得那么仔细并不是担心警察的审讯笔录乱写，而是在查找确认任何和他们自己有关的信息。

由于毛毛尚未成年，除了办案人员，庭审现场只对毛毛的直系亲属开放。作为办案警察，周佼也出庭了。在现场，她没有看到毛毛的父母。他们给毛毛请了很好的律师，但是律师没有做过多的辩护，像走过场一样把辩词念完，轻描淡写地陈述了他的观点，丝毫没有为毛毛多争取一点减刑空间的意思。最终，毛毛获刑两年八个月。

周佼第一次觉得，毛毛的命运就像空气中的浮尘一样不重要。

法官宣判结束，毛毛从法庭上被带走的时候，又回头望着周佼，他红了眼眶，强忍住泪水，像是在跟周佼说再见，然后决绝地回头，跟着法警离开了庭审现场。

这件事就这么结束了，可周佼始终不明白毛毛和他的父母之间到底发生了什么。毛毛服刑期间，她去看了毛毛，问他缺不缺东西，可以让他父母买点送进来。毛毛求她不要，他不想要爸爸妈妈的任何东西。

又过了两年，毛毛因表现较好，提前出狱。因为没有人来接他，看守所打了周佼的电话，是周佼开车送毛毛回了家。

周佼再一次看到了毛毛的父母，她原以为毛毛的父母依然会像之前一样冷漠地对待毛毛，她甚至想好了一些教育他们的话术。出乎意料的是，车停稳后，毛毛一只脚刚踏出车门，迫不及待跑来的妈妈就抱着他哭起来。

毛毛爸爸向周佼道了谢，说以后一定会好好地对孩子，请她放心。看到一家人团聚，他们的关系也缓和了不少，周佼这才放心离开。走之前，她抱了一下毛毛。毛毛很瘦，抱他的时候，周佼觉得他身上只有一把骨头。

毛毛在周佼耳边跟她说："谢谢你，姐。"

周佼松开手，开车离开了。她担心自己再多留一会儿就会哭出来。她看到后视镜里的毛毛一直站在门口目送她。那是周佼最后一次见毛毛。这一年，毛毛十八岁。

第六章　哥哥，我去偷吧

毛哥死了，还没来得及抢救就死了。

医生后来跟周佼说，毛哥根本就不想活。床头是有应急按钮的，当时他明明很难受，难以呼吸，但是始终都没有选择按下按钮求救。等到医生发现的时候，他已经奄奄一息。他们抢救了三四个小时，最终还是没能救回毛哥。

周佼听了之后没有觉得难过，反而觉得毛毛可以就此安息了。按照医生的说法，他活着的每一天比死都还难受。

吴恒跟周佼说，他们去了毛哥家里一趟，不管怎么询问，毛哥父母都对毛哥离家这件事闭口不谈，只是说他是成年人，做了什么事自己负责。

吴恒说："冷血，像不是亲生的一样。对了，毛毛的父母还有一个孩子。"

周佼问:"多大了?"

"差不多七八岁吧。"

周佼想,毛毛离家之后彻底不归家,会不会跟这个孩子有关系呢?她问:"他们家谁来接管后事?"

吴恒摇头,说:"看那样子是打算不闻不问了。"

周佼让吴恒去找毛毛其他的亲属,至少得有人把毛毛接回"家"。

马亮是意外得知毛哥死了这件事的。

他需要钱,他要养活自己和轩轩,还要存钱等爸爸出狱。眼看离爸爸出狱的日子越来越近,存钱的盒子依然是空的。他必须想尽办法联系到毛哥,要回毛哥承诺给他的报酬。

马亮在毛哥的QQ空间里一点一点地找信息,他把自己的QQ头像、性别换成女孩,装作毛哥的女朋友,去加任何浏览过毛哥主页的人的QQ,向对方打听毛哥的下落。这种方式本身就希望渺茫,他也确实很久都没得到任何有用的信息。

偶然间,马亮在一个QQ群里看到了这样的消息:

"听说有人死在公安局了,就跟赵老大混的那个谁。"

"谁?"

"不知道叫什么。"

"怎么死的？被打死的？"

"不是，说是生病。"

"你怎么知道？"

"我舅去给那个人看的病。我舅是市医院传染科的专家，说警察找他去给一个得了严重肺病的犯人做诊断。"

"然后呢？"

"说还没去就咳血死了。没抢救过来。"

……………

这个QQ群里很多人都是游戏玩家，有一些还是高手，马亮就是通过玩游戏加进群的。邀请他进群的人和毛哥有一点关系，看上去跟着毛哥混过。马亮仔细看了所有人的对话，反复确认，他们说的应该就是毛哥。

他在群里问："死的人姓毛吗？"

"对对对，姓毛。"群里的人又开始七嘴八舌地聊起来。

马亮呆住了。

毛哥曾经跟马亮聊过他的过去。和马亮不同，他是本地人，在江州有家人，只是不知道出于什么原因，他宁愿待在一个老锁匠的家里也不愿意回自己家。他跑出来的时间比马亮还早，只是江州很大,这么多年了,他从来没有在大街上遇到过自己的家人。

毛哥说住哪里没关系,谁对自己好,他就跟着谁,只要给口吃的喝的,让他干啥都可以。

马亮没明白。毛哥把烟叼在嘴里,掀开身上的衣服,露出整个后背,上面是密密麻麻的伤疤,每个都是被人拿烟头烫出来的。

毛哥说起这些时云淡风轻的:"锁匠照顾我的时间最久,也是虐待我最久的人。学会他的开锁技术,我就从他那里逃走了,还反手举报了他。"说这话时,毛哥特别骄傲。

马亮没想到他以前还有过这样的经历,就问:"多大时候出来的?"

毛哥抽着烟,想了想说:"大概十三岁吧。"

马亮问:"家人不找你吗?"

毛哥抽着烟,一直嘿嘿地笑,笑到最后也没有回答,马亮也就不再问了。

马亮很难过,毛哥死了,这就意味着,他拿不回属于自己的钱了。但他没有哭,他觉得,毛哥对这个世界其实已经绝望了,死了比活着好,也算是一种解脱吧。

马亮来到他俩经常见面的桥上,看着来来去去飞驰而过的高铁，坐了很久，就当是跟毛哥告别吧。毛哥对自己还算是好的，虽然他对自己说话时一直凶神恶煞的，可是人已经走了，仿佛一切的不好也随之一并消失了。

就在这座桥上，他似乎"继承"了毛哥的想法：他要弄到钱，不管以怎样的方式。

自从有了轩轩，他心里就生出很多顾虑，他会担心自己不是一个好人，担心会教坏轩轩。不知从什么时候起，他想竭尽所能地给轩轩创造更好的生活。

看到轩轩想吃糖，他就会给他弄一堆糖，不管吃不吃得完；看到轩轩盯着别的小朋友的气球看，他就会弄来气球给他玩；轩轩说小天才点读机好玩，他就想方设法地去搞一台……

上次轩轩说××酸奶好喝，他就趁晚上进出一家超市好多次，抱了五六箱回来，放在家里。家里开始出现水果、麦片、零食，都是马亮晚上去偷来的。轩轩一个人吃不完这么多，马亮自己也不吃，全部堆在那里。

马亮希望轩轩在家里念书，虽然轩轩看不懂他顺手拿来的那些书，但马亮觉得轩轩能照着书写写画画也行，待在家里总比在外面安全得多。马亮的话也多起来，他开始每天唠叨轩轩，像家长一样约束管控着轩轩的一切。

也许是毛哥的死给了马亮一种启示，他觉得当一个不好的人也没有什么不对的，都是为了活着而已。危险算什么呢？死都是在一瞬间发生的。

马亮动了一个念头，那就是继续做毛哥这段时间带自己做的事。来路相对清晰的正版行货，市场价值更高，不仅仅是手机，烟酒也可以卖上好价钱。赵老大最近几乎销声匿迹了，没有上线货源，那些曾经被他管控的下线嗷嗷待哺，所以只要有货，出手很容易。

这就是所谓的"山中无老虎，猴子称霸王"。

日子一天天过去，距离爸爸出狱的时间也所剩无几了。马亮计算了一下，以往一瓶茅台赵老大卖一千，他八百五百就出手，如果是正版新品手机，可以卖到更高的价钱，按照他之前的速度，只要不被抓到，他就可以在爸爸出狱之前攒够一笔钱，之后跟他一起离开。

但面前有个难题，他做不到像毛哥那样娴熟地开门锁，只他一个人的话，之前的路子就行不通了。不过，马亮发现，几乎所有的店铺都是在早晨开门和晚上临近关门的时候最容易放松警惕。

马亮尝试了一次，趁着关店之前神不知鬼不觉地钻进了一家店，躲在柜台里。他笃定不会有人打开柜子一一检查。等到店门关上之后，只要避开监视器和门口的安全报警器，他就可以在店内如常行走，等次日早晨店门打开时再偷摸跑出来。

几经试验，他摸清楚了规律，开始下手。白天，马亮还是像往常一样和轩轩去捡垃圾，入夜之后，他就开始四处寻找可下手的店铺。也许是得手的次数太多了，马亮似乎感受到了偷窃的乐趣。他偷来的东西越来越多，甚至他自己都不知道为什么急于偷这么多东西，就像是自由落体运动一样，他无法自抑地加速堕落着。

他甚至没有时间去销赃，只能把偷来的东西堆在家里。

富民里附近的超市的老板发现，店里最近频繁丢东西，东西都不贵重，大多是一些吃食，他就多了一个心眼，留心着来人，于是在一天凌晨抓住了正在偷面包的马亮。

马亮想抵死不认，奈何被逮了个正着，只好求饶，甚至干脆躺在地上装傻打滚，整个人似乎都受困于一种荒诞的迷乱之中。老板见马亮这般无赖，抓着他，扬言要去找警察。一听要报警，马亮猛的一下把老板推了个人仰马翻，自己逃之夭夭。

逃跑的时候，他知道自己用力过猛了，可是他控制不住自己，竟还回头对着老板笑了一下，但他内心明明是慌张和害怕的啊。

第二天超市就暂时歇业了，又过了几天，一个小女孩出现在超市门口，一边做作业，一边招待顾客。

小女孩的父母离婚了，妈妈因为要再婚，就把她扔给了爸爸。爸爸带着她来江州开了超市谋生，利润微薄。这是马亮从常来超市买东西的居民嘴里听到的。

邻里们看到只有小女孩在看店，询问后才知道，老板摔得尾椎骨裂，现在不能动弹，在家里躺着养伤呢。但是超市是他们唯一的收入来源，还是得开着。

马亮愧疚了许久。原来大家本质都是一样的，都是疲于奔命的人。后来他再也没来过这家超市。他觉得自己非常极端，自从毛哥死后，他变得对任何事情都极度敏感，反应也很大，他内心躁动不安，于是把偷东西变成发泄的渠道；但偷完东西之后，他又会很内疚，会埋怨自己。有时候懊恼自己无能，有时候埋怨老天不公，他反复被这些情绪撕扯着。

他并不知道的是，在心理学上，他的这种表现被称为"双相情感障碍"。在蓉城的看守所时，心理医生就已经给他做了诊断。

屋子的各个角落都放着最近一段时间他偷来的赃物，绝大多数都是不值钱的吃食和生活用品，还有没出手的电脑、手机、名贵烟酒。

超市事件成了马亮崩坏道路上减速带。他也感觉到自己精神恍惚，无法控制对这个世界的判断，所以他把自己封闭起来，重新恢复到毛哥死之前的生活。

他开始用QQ四处寻找买主，他的价格便宜，很多人都愿意收。马亮联系好了人，就让轩轩去帮自己送货。

有一次，轩轩去送货时遭到了勒索。那群人年纪都不大，看上去未成年的样子，他们知道轩轩卖的东西不干净，就威胁轩轩并抢走他袋子里的东西，还把轩轩的脸画成了小丑。

这一幕正巧被马亮撞见，他见不得轩轩被别人欺负，捞起一根木棍就冲了过去。但马亮势单力薄，敌不过他们，被其中三个人紧紧抱住腿脚，动弹不得，他便朝着领头那个人的脸上吐口水。领头的人被惹怒了，从旁边的烧火店里抄起一个夹煤用的铁钳子，照着马亮的头狠敲一下。

马亮眼前一黑，整个人瘫软下来，滑落在地上。看到马亮昏倒，四个人撒腿就跑。昏迷之中，马亮似乎看到一个小丑在对自己疯癫地狂笑，眼睛里却含着泪水，小丑还喊着他的名字……

马亮醒过来，发现轩轩蹲在旁边看着他，还用一块布给他包扎了头——肯定流血了，这会儿疼得厉害。轩轩脸上更花了，此时看上去更像小丑了。

两个人，一高一矮，一瘸一拐地往他们的小窝走去。

轩轩在家里的大多数时间都是自娱自乐，有时候会津津有味地翻看从垃圾堆里找到的漫画书，有时候也会翻到教材，然后问马亮那上面是什么，马亮则说那些东西没什么用。

四周都在建造高楼，过去的这段时间，周围的崭新的楼房像是雨后春笋一样飞速高耸起来，让富民里这个长满野草的地方看上去更荒凉了。

马亮头上伤口不大，那几个人毕竟是小孩，下手还不至于很重。伤好一点之后，马亮想出去看看，想看得更高，于是带轩轩去了他知道的一处好地方。

老式的水塔已经荒废了很久，最上面是一个小平台，从楼梯爬上去之后，可以俯瞰整个富民里，抬头还能看到星空。马亮在下面保护着轩轩一点一点爬上去。这里很高，两个人并排躺在水塔的平台上，面对深邃的星空，仿佛全世界只剩他们俩了，这满天星辰也只属于他们俩。

马亮教轩轩数星星，轩轩总是数错。马亮鼓励他再数一次。

轩轩很认真地对着天上的星星数："十五、十六、十七、十八、十九、十九、十九……"

马亮提醒他："二十。"

轩轩念了好几次"二十"，不知道下一个数字是什么，最后干脆放弃了。

"怎么不数了?"马亮问。

"后面的我不会了。"

马亮听了有一些心酸,指着星空中的猎户座对轩轩说:"你看,那里有一个猎人形状的星座。"

轩轩靠着马亮的手指去看,说:"不像。"

"怎么会不像?你看……"马亮拿着轩轩的手描着星座的轮廓,"这样呢?"

轩轩才惊呼:"是一个小人。"

"对,那就是猎户座。"

轩轩又指着另一个星座问:"那个是什么星座?"

马亮没回答,他不知道,他只知道猎户座。

轩轩侧躺着,看着马亮发呆,又问:"哥哥,你能唱歌给我听吗?"

马亮问:"怎么了?"

轩轩说:"以前睡觉的时候,妈妈总是唱歌给我听。"

马亮笑着说:"我又不是你妈。"

轩轩突然哼了几句英文,那是从幼儿学英语的动画片视频里学来的。马亮就这么在旁边看轩轩玩耍,听他唱歌。突然,他想起轩轩说,爷爷给他找过一个幼儿园。

马亮问:"为什么不去幼儿园上学?"

"他们嫌我臭。"

马亮看着轩轩，思考着轩轩的未来："想上学吗？"

轩轩认真地想了想，摇头，但是想了想又点头。

马亮问轩轩："以后想做什么？"

轩轩说："我要做一个有钱人。"

马亮笑他："有钱人有什么好？"

轩轩说："有钱的话，就可以盖一个大房子，妈妈就不会走了。"

马亮觉得好笑，小孩子的理想真的是天真、幼稚又可爱。他突然想到自己曾经的"理想"。

他幻想过那个画面：他喝了酒，喝得烂醉如泥、不省人事，脸红红地躺在雪地里，看着大雪纷飞，自己慢慢地被一片一片雪花覆盖，被冻住，然后悄无声息地消失在这世界上。

那两瓶酒还在角落里，标签已经看不清了。初遇轩轩时，他手里就拿着这两瓶酒，那会儿他想结束自己渺小的一生。

轩轩问他想做什么样的人，马亮说自己不知道。

轩轩睡去了，马亮没有睡，在做着今后的打算。

马亮拿着手机搜"一个人从幼儿园到上大学需要多少钱"，搜索出来的数字都很大。他仔细研究，如果轩轩要上到大学，自己需要做什么。马亮非常仔细地读着每一个字，盘算着。

专项行动成绩斐然，所以暂时告一段落。然而，最近盗窃案频发，报警的人数激增。警方调取了报警商超的监控，注意到一个流浪汉模样的人频繁进出不同的超市，他的头发又长又乱，加上晚上光线不好，根本看不清人脸。根据报案记录，他偷的东西价格便宜，甚至连续几个晚上去同一家店偷走好几箱不值钱的酸奶。

连续盗窃案都交由周佼所在的便衣刑警支队统一侦办。支队之前对这样的偷盗行为极为不解，觉得没必要在这样的事情上浪费时间，就把案件扔给了一个刚毕业入职的新人程程负责。程程也是公安大学毕业的高才生，刚来就接到了案子，因此干劲十足，非常认真地检视了监控画面。

这些盗窃案的作案方式单一，小偷很聪明地找到了躲避监视器的方法，看起来是有准备、有计划地作案。由此，市局要求重视这一现象，不能让专案行动的成果毁于一旦。

刚刚结束的专项行动让大家累得人仰马翻，他们来不及休息就投入新的案子里。周佼还是准时来单位，一来安抚队友们的情绪，二来在大家遇到问题时，提供一些力所能及的帮助。

周佼晚上离开的时候，程程在加班。第二天一早，她来给大家送早餐的时候，程程还在加班。看到程程对着电脑皱眉头的样子，周佼联想到当初自己刚来时的那股认真劲儿。

看到周佼给自己送吃的，程程连忙站起来，周佼摆摆手让她坐下，递给她一碗粥，问她遇到了什么问题。程程说，她不理解小偷的行为。多地摄像头拍下的画面显示，嫌疑人似乎是个流浪汉，非常聪明，很少会被拍到正脸，经常出没在超市、便利店和菜市场，所盗窃的东西少有贵重物品。

周佼听起来也觉得有趣，问："你猜测到了什么？"

程程说："偷盗一般以贵重物品为目标，但是这个小偷那么频繁地出现在超市这些地方，他不怕暴露吗？"

周佼说："你有没有思考过一件事？"

"什么？"

周佼说："罪犯，有时候也是一个普通人。"

周佼跟她继续讲："大学的教材里提到的那些潜藏了十几年的连环杀人犯，日常生活里可能就是你我身边的路人，谁也不会把'罪犯'写在脸上。"

周佼教她从什么地方入手可以快速厘清线索，建议她把小偷经常出没的超市、便利店在地图上标记出来，进而圈出他大致的生活范围。

程程根据周佼教的办法划定了一个区域。她没抓到去超市和便利店行窃的流浪汉，却阴错阳差地发现了连环盗窃案中被销赃的电脑，然后顺藤摸瓜，抓到了四个未成年的孩子。程程把他们送上警车带走的这一幕,被拉着一袋子破瓶子、站在角落里的轩轩撞见了。而袋子里还藏着他要拿去卖的赃物——马亮偷来的手机。

审讯的时候,程程把从他们那里搜出来的电脑放在桌上,问:"这电脑哪里来的?"

四个人每一个人都说不是自己的。

"那是谁的?"

四个人一致回答:"一个流浪汉的。"

"流浪汉?"

程程在脑子里把所有线索对了一遍之后,认为流浪汉和连环盗窃案或许有着千丝万缕的联系。

马亮这个时候正在网上联系买家,让轩轩出去送货、收钱。轩轩回来跟马亮说欺负他们的那几个人被抓了,他担心马亮也被抓。

马亮说:"没事,他们抓不到我的。"

马亮心思在卖货上,没有顾及轩轩的担心。突然,轩轩说:"哥哥,以后我去偷吧,他们发现不了我。"

轩轩习惯了跟马亮穿梭在大街小巷,晚上没有马亮,他会非常没有安全感。过去他经常问哥哥每天出去做什么,马亮都不会跟他说。但是家里一点一点多出来手机、电脑、烟酒……

轩轩即便再不懂，也大概猜得出来哥哥是出去偷东西了。只是他还不明白偷东西是不好的。

但是哥哥被人打伤了，他不想哥哥再这样受到伤害。上一次即便被警察带走，他也很好地保护了哥哥，所以他想帮助哥哥。

听到轩轩说自己要出去偷东西，马亮下意识地往后退了几步，上下打量着轩轩，像是在看一个可怕的事物。他用比以往更严肃的语气，非常笃定地告诉轩轩："你不许学我！"

马亮并没有告诉轩轩，不许学他什么，以及偷东西为什么不好。他觉得自己很矛盾，他不允许轩轩偷东西，却利用轩轩去卖掉自己偷来的东西；他觉得偷来的东西不能给轩轩用，但用偷来的东西换的钱买新的给轩轩就没问题。某些时候，他也觉得自己的这种行为很可笑，可他的生活哪有什么正常逻辑可言呢？

轩轩的话令马亮感到懊恼、焦虑，他备受煎熬，恨自己为什么那么无能，竟让一个小孩子主动提出偷东西，更害怕轩轩真的会步自己后尘，被人打骂、胁迫，然后一步步崩坏……

他绝不允许这样的事情发生！

第七章　你不许学我

江州是北方城市，天气变化很复杂，有时候甚至一天内就能有一种四季流转的感觉。轩轩就这样生病了，咳嗽，发烧。

轩轩原本只是轻微咳嗽，但很快就发展为高烧，脸被烧得滚烫。马亮知道发烧有多难受，但这是他第一次面对别人发烧，他一开始抱着轩轩睡，觉得不让轩轩再着凉，他就能好转。可是到了后半夜，轩轩开始昏昏沉沉地说胡话，马亮这才意识到需要给轩轩买药。

因为警方严查，马亮很难找到新的能够轻易下手的地方，已经躲了一段时间。但现在情况紧急，他必须得出门一趟。他跑到街道的私人诊所，诊所的人一看他是个流浪汉，立马就把门关上了。无奈，他只好跑去更远的药店，半路却碰到夜巡大队执勤，盘查走私车辆，他吓得躲在暗处，然后默默地离开。

等找到了愿意卖自己药的药店，他却说不清楚轩轩生了什么病，好不容易说清楚了症状，药房的人偏偏给他贵价药，想到轩轩还在家里高烧不退，他咬咬牙付了钱。

回到家，他就在轩轩身边陪着，喂药、喂水，时刻观察着轩轩的状况，看他退没退烧。这情景像极了他在北京发烧昏厥时，梦境里那个流浪歌手照顾自己的样子。马亮想，如果梦境是真的，流浪歌手照顾自己时心里在想什么呢？会像自己这样难过吗？马亮忍不住地难过，却不知道难过的原因是什么。

接近黎明，轩轩并没有好转，反而开始呕吐，不管吃什么喝什么都会吐出来，还包括没有消化的药片。轩轩像是烧糊涂了一样，一会儿说自己在天上飞，一会儿说妈妈回来了，一会儿又说有人抓到了他，他要被打死了……

马亮急得像热锅上的蚂蚁，不知所措，在他的认知里，能做的事情都做了。还能做点什么呢？他着急得哭出来，豆大的眼泪一滴滴地滚落。

轩轩从被子里伸出手，抓着马亮。轩轩的手很烫，马亮知道，如果再不给轩轩看病，可能真的要出问题了。轩轩话没说出来，就开始浑身发抖。

马亮手忙脚乱地想让轩轩再吃点药，而轩轩眉头一皱，紧闭着嘴，就是不张开。好不容易让他张开了嘴，轩轩又吐了，这次不是没消化的食物，而是清水。

轩轩很难受地哭着，气若游丝地喊："妈妈，妈妈，我要妈妈……"

马亮抱起轩轩，想带他去看病，但是轩轩挣扎着拒绝，只是喊着要妈妈。马亮本身也很瘦，轩轩这么抗拒，他是一点办法也没有。马亮发了火，让轩轩站起来，轩轩却对他的话毫无反应，仍一个劲地哭着喊着要找妈妈。

这时，马亮看到了日历旁边的纸条，是周佼给轩轩洗澡那天留下的电话号码。马亮把这个纸条扔了，轩轩又给捡了回来。他觉得自己再扔掉的话，轩轩肯定会不开心，所以就留了下来，贴在日历旁边。

马亮跟轩轩说："轩轩乖，哥哥带你去找妈妈好不好？"

轩轩停止抗拒，半眯眼睛看着马亮，挤出了一个字："好。"

马亮联系了周佼，没想到，周佼很快接了电话，不到半小时就出现在富民里附近一个不大的社区诊所门口。

马亮背着轩轩站在诊所对面的马路上等周佼，轩轩闹了一阵子，已经睡去了，整个人都虚脱了。看到周佼在路对面下了车，马亮小跑着过了马路，来到周佼身边。

周佼已经生完了孩子，肚子没了，整个人却胖了一圈。马亮惊讶地看着眼前的这个妈妈。

周佼打量着兄弟俩，不过是小几个月不见，没想到两人变化那么大。看到马亮站在原地，周佼问："怎么不进去啊？"

马亮看着诊所里面来往看病的人，低着头，没有挪动脚步。周佼明白了，他是担心进去了，自己脏兮兮的样子会引起别人的关注。

周佼从马亮背后接过烧得浑身软绵绵的轩轩，带他进了诊所。马亮又回到了诊所对面的马路边，从这里可以看到诊所里面发生的事情。他看着周佼跑前跑后，带轩轩看医生、验血、拿药、交钱，直到轩轩打上点滴。

周佼抱着睡熟了的轩轩，她刚生产完没多久，腹部还没完全恢复，没办法把轩轩整个抱在怀里，就让他趴在自己胸口，一边拍他的背，一边问护士点滴是不是可以再慢一点。

马亮看着这一切，内心那道无形的防线在一点点崩溃瓦解。过往他对周佼怀有敌意，很大程度上是因为他觉得妈妈不是一个好的存在。一听到有人喊妈妈，或者像妈妈的人进入自己的生活圈，他就会不自觉地想起十三岁那年，妈妈扔掉他后彻底不回来的画面，以及妈妈有了新生活，对后来的孩子温柔地唱着歌谣的样子……留在他心里的创伤像是永远也无法愈合一样。

他知道这只是自己的问题，可当轩轩在自己面前提到妈妈时,他还是会抑制不住地难过或者生气。他明白,轩轩的妈妈也不要他了。所以他就是轩轩,轩轩就是他自己。他没办法告诉轩轩,让轩轩接受这个现实。他不想让轩轩像自己这样,他希望轩轩可以单纯快乐地长大。

面前的这个人是好的妈妈吗?至少现在看起来,她是。马亮自问自答道。

周佼看到外面的马亮盯着自己看,虽然隔很远,她依然感受得到马亮的眼神——他像一只老猫一样盯着自己。她拜托护士帮忙照看一下轩轩,自己从诊所走出来。

马亮本能地想躲开,却被周佼叫住。两个人就这么站着,相顾无言。两个人之间的距离很短,却像隔着一道墙。周佼不住地猜测着马亮在想什么,他肯定有很多她不了解的经历。她期待着眼前的这个孩子可以相信自己,告诉自己一切的故事。哪怕他做了很多违法乱纪的事,只要他愿意说,自己就愿意帮助他。

外面突然开始下雪,马亮一言不发。周佼感叹说:"江州真奇怪,这么早下雪。"

马亮依然选择沉默,只是不再躲着她了。周佼问:"弟弟一直喊着要妈妈,你们妈妈呢?"

马亮扭过头不敢看周佼,因为这是个没法回答的问题。他不知道自己的妈妈在哪里,更不知道轩轩的妈妈在哪里。他的脑海里又不自觉地浮现出那个他永远也无法抹去的画面:一个女人上了一辆面包车,车关上门就开走,似乎一刻也等不得,他追着车,哭喊着:"妈妈,你不要走……"

这时,手机响了,马亮从回忆中醒过神,看了一眼手机,是赵老大的人。他们有特定的沟通方式,先是发垃圾短信,收信人如果没问题,再直接回电话。他眉头一皱,表情严肃起来,周佼注意到了这点变化,她机警地发现马亮看到手机后情绪变得紧张了。

周佼若无其事地问:"有事呀?"

马亮把手机揣起来,说:"我要离开一下,一会儿过来接他,可以吗?"

马亮正视着周佼,发出很真诚的请求。轩轩很快就能打完点滴,自己现在离开,需要有人来帮他临时照看轩轩。他怕周佼拒绝,又说:"我一会儿就回来。"

周佼不假思索地说:"可以。"

赵老大找马亮,一定不是好事情。

还是曾经的麻将馆,严打期间,这里始终是赵老大的藏身之所。这里已经没有了马亮第一次来时的热闹样子,屋子里的烟雾却一点也没少。躲在屋子里抽烟，成了赵老大大多数时候唯一能做的事情。

马亮以为赵老大是要催他还钱，便把身上最后一点钱交给了他，赵老大还是瞧都不瞧。

马亮小声地问："毛哥真的……了吗？"他不敢说那个"死"字，就像是犯忌讳一样，他甚至期待着赵老大告诉自己毛哥没死。

赵老大没有回答他，只是一个劲地抽烟、吐烟圈，把烟圈吐得越来越大，一副事不关己的样子。他盯着马亮看，像在打量着货物，也像野兽在玩弄猎物。

看到赵老大这么冷漠，马亮鼓足勇气说："我不想干了。"

"你不想干？钱也不还了？"

马亮知道，自己一时半会儿还不完钱，以赵老大的胃口，自己可能真的被他捆绑住了。但他又想，现在赵老大被警察围着，动弹不得，也许会放过自己。

"你不干可以，那你身边那个小孩可以继续干啊。"

马亮惊觉，问："什么意思？"

赵老大拿起钱，一张一张地数，那些零钱没几下就能数完，但他偏偏慢腾腾地一张张地数给马亮看。

"小孩就是好，天真无邪的，警察都骗得过，怎么都比你有用，对吧？"

赵老大早就知道,那个小孩是马亮的软肋。最早毛哥找马亮送货,他还很纳闷,为什么其他人屡屡碰壁,只有马亮可以轻松出手。任何事情都瞒不过他,他很快就知道了轩轩的存在。赵老大继续说:"上了这条道,就没有什么想干不想干的道理。你弄的这些钱,有几个是你自己拿回来的?不还是靠那个小孩吗?所以,你不也是在利用别人吗?你不干,没事。我可以今天就把你废在这里,明天让那个小的来继续做。你觉得他会不会愿意?"

马亮还想说自己会抓紧还钱,这句话在脑子里还没走完,赵老大就直截了当地说:"明天把小孩带给我。"

马亮警惕地看着赵老大。

第一次见赵老大时,他就知道,拐卖小孩是赵老大诸多不法"产业"之一:小一点的,直接卖给农村需要买孩子的人家;大一点的,就在专人监视下去火车站门口乞讨;再长大一点,听话的,就让他们出去偷东西,逐渐变成毛哥那样的人。

"不听话的呢?"马亮曾经问过毛哥。

毛哥深深地吸了一口烟,打断了他的询问:"少打听。"

马亮不是不知道答案。他曾在江州的一个闹市区看到过不止一个乞讨的残疾小孩,奇特的是,他们每一个人残疾的方式都是类似的,而且都带着音响,唱着凄惨的歌曲,不远处还有个大人看着。马亮认得出,那是赵老大的人,他在麻将馆见过他们。当时他就明白是怎么回事了。

他在古代志异小说里看到过一个名词"采生折割",用大白话说,就是人造残疾。只是他没想到,到现在还会有人做这种丧尽天良的残忍事情。

赵老大找马亮来的目的,根本就不是马亮的那些钱,而是轩轩。

马亮害怕,想往回退,但是被人堵住了。他连忙说:"我欠你的钱,很快就还给你。"

赵老大问:"多快?"

"很快,我今天就去凑。"

赵老大吐了一个烟圈,对着马亮笑嘻嘻地说:"那孩子和你没啥关系,你给我,你欠的钱就一笔勾销。怎么样?"

马亮闭着嘴不答应。赵老大看到马亮不张嘴,又说:"你觉得亏了,我再给你点。那孩子品相好,能卖个好价钱。"

品相,这是形容小孩的词吗?马亮就算没读过什么书,也知道这个词是形容货品的。

赵老大问马亮:"可以吗?"言语里毫无感情,每一个字都像冰冷尖锐的刀,刺进马亮心里。

危险的信号灯开启了,此时此刻硬碰硬肯定不行,逃跑才是上上策。但是怎么逃跑呢？马亮本能地朝着门口跑去，有人拦住了他，照着他的脸就是几拳。马亮顿时感觉眼前一黑，恍惚中，他感觉到自己胡乱地向赵老大说着求饶的话，而赵老大却像阎王一样，说出的话字字催命："这小孩有人给五万，你能给，就让你们走。"

轩轩已经退烧了，醒了之后就问周佼哥哥去哪里了，周佼跟轩轩说，哥哥很快就回来。轩轩担心哥哥扔下自己跑了，周佼安慰他说不会的。

周佼想继续询问轩轩关于哥哥的事情，而轩轩没有那么相信周佼，他选择闭口不说。等轩轩再次睡去，周佼不由得担心起来，马亮真的会回来吗？

直到天快亮了，她才看到鼻青脸肿的马亮站在诊所对面，隔着马路远远地看着这里。周佼叫醒轩轩，说哥哥回来了。轩轩整个人还很虚弱，但看到哥哥回来，便开心地小跑起来，可没跑几步就被周佼拽住，两个人慢慢地避着车过马路。短短几步路的距离，轩轩的眼睛就没离开过马亮。

周佼看到马亮脸上的伤，问："你的脸怎么回事？"

马亮不回答她，只问轩轩怎么样了、好点没。他摸了摸轩轩的头，确实退烧了。而轩轩看到哥哥脸上的伤，轻轻问道："哥哥，痛不痛？"

马亮摇头。

"你昨晚做什么去了？是被人打了吗？需要我帮你报警吗？"周佼见他不回答自己的话，追问道。

马亮还是不回答，带着轩轩就要走。周佼没忍住，拦住他们："你们以后就打算这样下去吗？"

马亮还是不回答，想快一点离开。周佼看向他身边的轩轩，他只是紧紧地跟着马亮。马亮脚步加快，而刚生产过的周佼体力不济，很快就跟不上了。她在后面着急地喊道："你就算不为自己考虑，你也要想想你弟弟，他还是个孩子啊。"

马亮突然停下来，躲开周佼的眼神，说："你别跟着我们了。"

"我没想跟着你们。"

"那你为什么要这样关心我们？"他那张伤痕累累的脸上写满了痛苦、困惑，让他看上去像一只受尽折磨的小野兽。

周佼反问："你信不过我，为什么会给我打电话？"

马亮也不知道为什么在轩轩哭喊着要妈妈时，自己会想到给她打电话，也许是出于信任吧。只是这个问题摆在面前，他却不知道该怎么回答。最后，他缓和了态度，跟周佼说，自己会还她医药费的，等他有了钱，就给她打电话。

这一次，周佼没有跟着，目送马亮带着轩轩走了。

马亮带着轩轩回到自己家楼下,他警惕地四处观察,确定没有赵老大的人跟着,才上了楼。但这不意味着他是安全的,赵老大想要在江州找到他易如反掌。

可是现在也不是逃走的时候,因为轩轩还没有完全好起来。马亮是个对危险很敏感的人,自从他在北京受尽了伤害之后,他在每个地方都只待一两个月,当周围的人开始注意到他时,他就会随便搭乘一列火车离开,去下一个城市流浪。

马亮已经在江州停留一年多了,够久了。

他在大脑里快速盘算着,看着那些还没有处理的东西,决定快速从这里脱身。他打算等轩轩病一好,把轩轩交给他爷爷之后就走。这段时间他对得起轩轩。尽管回到爷爷那里,轩轩的处境也不会变得更好,但总比被赵老大卖掉好。

有一点赵老大说得没错,自己和轩轩非亲非故,爷爷才是他的家人。

至于那些还没处理的东西,就不要了,自己逃走最重要。墙上的日历都快被他忘了,爸爸出狱的日子近在眼前,或许他可以出去躲几天,再去和爸爸会合。

轩轩在被窝里叫了一声哥哥。马亮问他是不是渴了,结果轩轩给了他一样东西——一个新手机。马亮有些惊讶:"哪儿来的?"

"那个阿姨的。"

是周佼的手机。马亮问:"怎么在你这里?"

"阿姨抱着我的时候,我从她包里拿的。"

周佼抱着轩轩,拍着他的背哄他睡觉。高烧之下的轩轩并不容易睡去,他看到周佼身边没有合上的包里面有一个手机,就偷偷伸手进去,把手机塞在了自己身上。

马亮大为震惊,看着轩轩。轩轩说:"我不想哥哥太累,我想帮哥哥一起赚钱。"

那一刻,马亮觉得轩轩像极了现在的自己,像自己一样变成了一个坏孩子。这似乎印证了马亮一直藏在内心的恐惧。他千方百计地把内心仅剩下的一点良知留给轩轩,努力地让他避开这个世界的阴暗面,不让他知道自己做的肮脏事。他以为这样就足够了,直到看到面前的这个毒药一样的手机。

赵老大踩着他跟他说的话,在耳边炸响:"近朱者赤,近墨者黑。毛毛说你在等你爸出狱是吧,你爸从出娘胎起就像我这样坏吗?应该不是吧?你觉得一个小孩跟着你能学得到好吗?跟着你忍冻挨饿的,还不如交给我,至少吃喝不愁。"

手机铃声突然响起——肯定是周佼发现自己的手机丢了,在寻找手机。马亮手忙脚乱地把手机关机扔在一边,然后左右开弓,开始扇自己巴掌。马亮反常的举动让轩轩疑惑不已,自己到底做错了什么事,竟让哥哥这样伤害自己?

马亮很痛苦，觉得内心有两股力量撕扯着自己，快要把自己撕碎了，他无法忍受，大喊出来。他开始埋怨轩轩为什么要跟着自己，他就是个拖油瓶。他不让轩轩叫自己哥哥，还说他和轩轩没有任何关系。

轩轩靠近躁动的马亮，想要安抚他，不料马亮噌的一下跑了出去——马亮不敢面对刚才的现实，他怕轩轩变成自己，不，轩轩已经变了。

大街上风很大，马亮陷入了自我矛盾的煎熬，恍惚中看到自己变成了轩轩，被父母抛弃，然后轩轩又变成了自己……所有的记忆像狂风暴雨一样袭来，他大脑宕机，无法思考，任由自己被痛苦碾轧。等清醒过来，马亮觉得，自己要快一点结束现在的一切。

马亮回到家，拽起轩轩，不由分说地把他推出门："你走吧，我要离开这里了。"

轩轩问："你要去哪里？我跟你一起走。"

马亮不想听轩轩说任何一句话，可是轩轩赖在门口不走。马亮抓住轩轩的胳膊就往外走，完全不顾轩轩是否被他抓疼了。他们穿过广场、"小香港"、烂尾楼、大桥和工地，一路朝南，来到轩轩爷爷的垃圾回收站外面。

轩轩坐地在上，坚决不愿意回去。马亮一咬牙，不管轩轩怎么挣扎，扛起他走进了垃圾回收站，放下轩轩，回头把门从外面反插上。这门栓不牢靠，从里面也很容易打开，但轩轩不够高，打不开门。

无论轩轩在里面怎么喊，马亮都无动于衷，硬下心扭头就走。还没走出几步，马亮就听到背后有人喊了他一声："哎！"

马亮回头，看到轩轩爷爷站在门口，像刚才自己那样把轩轩拽出来，扔在门外："我不要，你带走吧。"

马亮觉得不可思议，瞬间怒火上头，冲着轩轩爷爷喊："凭什么?!"

"他都多久不回来了，他不想回来，你带走吧，我养不了。"

马亮冲上去想打人，但是看到旁边憋着不敢哭出来的轩轩，忍了忍，放下了拳头，努力压制着怒火说："你是他爷爷，是他监护人，你凭什么不养他？"

轩轩爷爷一副无所谓的样子："他有爸妈，轮不到我来养，你去找他爸妈讲道理去，养也是他们养，我没能耐养他。"

马亮想走却又走不了，气又气不过。他没有犀利的语言来击倒面前的人，即便有，可能他也不会听。不过，轩轩爷爷也不走，就站在原地看着他。马亮突然明白了点什么。

马亮问："怎么样你才能留下他？"

轩轩爷爷用那双浑浊的眼看着马亮，嗫嚅着，他好像也有一点廉耻心，有些话不好意思说。马亮明白了，替他说了："是不是要钱？"

马亮顾不上危险，明目张胆地进出那些他经常销赃的店，也不管里面有没有人、安不安全，上来就把货扔在桌上，然后要钱。

一天下来，马亮把换来的一摞钱递给轩轩爷爷，轩轩爷爷忍不住一张一张地清点，看上去无比滑稽。

轩轩爷爷嫌太少了。马亮又给了他一个袋子，里面有好几个未拆封的手机，说："市面上一个卖五千，你便宜一点两千能卖出去。"

轩轩爷爷咧嘴笑着。马亮环视四周，看到正在慢腾腾叠纸箱的轩轩。轩轩不敢看他。马亮狠下心，扭头走出了垃圾站。

深夜凌晨时分，整个大街上没有一个人。从轩轩爷爷那里回来，马亮觉得心里面空荡荡的，就在大街上漫无目的地游荡着。

不知不觉间，他走累了，在一个小区外面停下了脚。身边的这辆车，从车标看价值不菲。借着微弱的光亮，他看着映在车玻璃上的自己，那副样子陌生、狼狈⋯⋯

天还没亮，周围只有昏暗的路灯，安静得连狗叫的声音都没有。

马亮从地上找了一块石头，对准车窗玻璃，用尽全力砸了上去。玻璃碎了，映在玻璃里的自己也碎了。警报声大作，马亮扔下石头狂奔而去，身影瞬间消失在这条街道上。逃跑时，马亮突然想起一个人——壮哥，那个教自己砸车偷东西的壮哥，那个被抓后背叛了自己的壮哥。

壮哥教会了他现在谋生的一切本事，那他现在在哪里，过得好不好呢？如果没有遇到他，也没有被他背叛，自己现在是不是会过得稍微好一些呢？至少不会变成今天这个样子吧。

认识壮哥之前，自己是什么样子呢？马亮想。

第八章　回不去的家

　　毛毛被周佼抓到派出所的那一年，马亮在距离江州大概一千公里的一个小城市林县。这里地处黄土高坡深处，交通不便，气候恶劣。人们面朝黄土背朝天，辛劳一辈子也只能看天吃饭。今年风调雨顺了，收成就能够一家人吃喝；要是遇到天灾，收成不好，大多数人们只能勉强过活。年轻人里有一点志气的都早早地离开了这山洼，去大城市打工，或者干脆搬出去另寻住处。这里没有前途和未来，留下来的人多少都被数千年的黄土禁锢住了。

　　童年时的马亮对父母的印象极好，虽然家里条件不好，但是父母勤劳，一家人过得也算凑合。全村的人家都是一样的，维持着一种美好的平衡。他们不知道外面的世界是什么样子的，自然也不会知道他们的生活有什么问题。

马亮的妈妈长得好看，柔美得不像黄土地上生长的人。大家说的都是方言，而妈妈说着普通话，声音很甜也很软，跟本地人的大嗓门不同。所以马亮的口音也不像本地人。

妈妈是从外地嫁过来的，从南方某个河流很多的地方。这里的人没怎么见过像马亮妈妈这样洋气温柔的南方女人，马亮妈妈来到这里的时候，所有人都在背后议论她为什么会嫁到这个近乎寸草不生的地方。

马亮问过妈妈，妈妈不回答，却跟马亮细说她的老家。

陕北的民歌里有这么一句："羊肚兜手巾呦三道道蓝，咱们见个面面容易哎呀拉话话难。"足以见得黄土高坡之间的沟壑有多宽。妈妈说，她老家门口有一条河，比这个沟壑还宽，河里是清澈的水，水里有很多鱼，有时，天上的鸟儿会飞下来抓鱼，回去喂给嗷嗷待哺的孩子。

怎么会有那么多水填满这么深的沟壑呢？马亮从未见过妈妈描述的画面，他不信，觉得这些只在童话里存在。

上学后，他才知道，原来妈妈说的都是真的。课本上介绍了大海，所有的河流都会汇入大海。大海一望无际，没有边界，全部被水填满。马亮第一次知道世界上还有一个地方拥有跟天空一样的颜色。

爸爸妈妈维持着某种稳定平静的关系。爸爸沉默不爱说话，干农活儿有一大把力气，妈妈也沉默不爱说话，在家做饭整理家务。有时候干完农活儿，两个大人扛着锄头，带一个小孩，在夕阳里往家里走。爸爸走得快，走在前面，妈妈和马亮走在后面。爸爸走路时会呼哧呼哧地喘粗气，像一头老牛，而妈妈则安静地在他后面跟着，看着远处。

外出务工赚了钱回来的人，带来了一些外面的消息，打破了这里原有的平静。越来越多的人出去赚钱，有些人出去了就再也没回来，村子里的人越来越少。

马亮不爱读书。学校离家很远，他每天上学都要走上两个小时，而且学校教的东西也不是他的兴趣所在，他喜欢在土坡里抓兔子或者爬树摘酸枣。每天放学回家的路上，他都很快乐，经常玩到很晚才回家，妈妈也从来不责骂他。

这天，马亮又很晚才回到家，因为他发现了一个水沟，水沟里竟然还有鱼。他想起妈妈给自己描述的鸟妈妈从河里抓鱼回家喂孩子吃的画面，心想，抓条鱼回去给妈妈，她一定会喜欢的。

人还没进院子，马亮就听到了妈妈的哭声。马亮还没弄明白是什么事情，妈妈就哭着出来了，看到马亮回来，她眼泪都来不及擦掉就出了门。马亮问妈妈去哪里，却没得到回答。

院子里一片凌乱，连用来接水的盆都被摔烂了。进了屋子，马亮看到爸爸在抽旱烟，那劣质烟叶的味道很冲。

后来，他们很快和好了，吵架的频次却越来越多，两个人甚至会对彼此动手。但马亮每次都站在妈妈这边，从来不问爸妈为什么要吵架、是谁的原因，每一次都拿着扁担挡在妈妈前面，喝退要过来打人的爸爸。

马亮恨死爸爸了，他觉得，妈妈离开都是因为爸爸。

马亮十三岁这天，妈妈做好饭，还煎了两个鸡蛋给他，看着他吃完。鸡蛋可是稀罕的东西，在他们这里，鸡蛋大多是孵小鸡用的，马亮这下能一口气吃到两个，别提有多开心了。

妈妈说："亮亮，上次抓的鱼，妈没吃到，你还能再抓一条吗？"

"能！"马亮把嘴上的油一抹，跑出了门。

马亮在水沟里寻找了很久，都没找到鱼的踪迹。他去叫来伙伴一起帮他抓鱼，折腾了很久，天都快黑了，终于抓到两条小鱼，虽然不如上一次的大，但也比没有好。

马亮用草穿过鱼鳃，提着鱼一路小跑回了家。"妈"还没叫出口，就听到爸爸在屋子里发疯了一样摔东西，他以为妈妈又被打了，扔下鱼，抄起扁担准备进屋，却看到爸爸冲了出来，嘴里喊道："疯婆娘，疯婆娘。"

马亮不许爸爸这么骂妈妈,爸爸一巴掌打在他脸上,继续喊:"她不要我们了!"

她不要我们了,马亮没懂什么意思。马亮爸爸说:"你妈跟别人跑了,不要我们了。"

马亮不信,说妈妈还说要吃鱼呢。但是家里跟妈妈相关的东西都没了,他这才明白,妈妈给他吃鸡蛋,就是离开之前给自己最后的关爱了。马亮冲了出去,小小的身影在黄土的沟壑里奔跑。

妈妈要跟着一个人去南方,去那个有很多河流的地方。马亮跑得飞快,可是他腿脚再快也赶不上车的速度。马亮翻过一个山头,远远地看到妈妈上了一辆面包车,车门关上就开走,一刻也等不得。

马亮远远地跟在车后面,追着,跑着,哭喊着:"妈妈,你不要走……"哭声在山谷沟壑里回荡,很快就被大地吞噬。

马亮没有追回妈妈。因为生气,他找出他们一家三口唯一的合影,把妈妈的脸涂黑了。很快他就后悔了,捡起照片,想把涂黑的地方擦掉,可是越擦越黑,越擦越黑,妈妈的脸再也看不清了。他泪如雨下,却也无济于事。

妈妈走后,爸爸在家里抽了好几天闷烟,然后就和平时一样出门干活儿,仿佛这个女人根本就没存在过。可马亮心里的伤却再也无法愈合了。

村里风言风语，爸爸充耳不闻，他习惯了用一种木讷的态度对待所有人。马亮却不能，他不能忍受任何人说妈妈的坏话，但凡有任何人说上一个字，他都要冲出去和别人撕扯。小孩打不过他，大人他打不过，但他很倔，打不过就拿起石头和人家拼命。大家都觉得这孩子受了刺激、变坏了，见了他都躲得远远的。

马亮也不怎么上学了，开始逃课。每次老师来找马亮爸爸，他都是一副木讷的表情。后来老师也放弃了，不再管他。

后来，马亮在镇子上知道带走妈妈的那个人去了蓉城，妈妈就是蓉城人。传言说，妈妈是被骗到这里来的，因为这里交通不便，一度已经绝望了，直到遇到外出打工的这个人。他带来了蓉城的消息，还说可以带妈妈离开，妈妈果断答应了。

马亮萌生了想去蓉城找妈妈的念头。他并不知道蓉城离林县有多远，徒步走了一天半，也没找到去蓉城的路。老师说得没错，世界很大。他第一次真正体会到了。

他被人顺路送了回来，爸爸没有打骂、训斥他，而是给他煎了两个鸡蛋。又是鸡蛋。他问爸爸："你是不是也不要我了？"

爸爸用粗糙的手托着马亮的脸，擦掉他的眼泪，跟他说："吃吧，别凉了。"

马亮一边吃一边哭，跟爸爸说："我一定会把妈妈找回来的。"

马亮爸爸没回应，只是在抽旱烟，缭绕的烟雾将他团团围住。

马亮一次又一次地跑出去再回来。林县开了网吧，在野地里长大的孩子，学习能力很强，马亮很快就找到了去蓉城的办法。他偷走爸爸卖粮食换来的钱，登上了去蓉城的大巴。

直到他再次回家，没人知道他在往返的路上经历了什么、是不是到了蓉城、有没有见过妈妈。回到家时，他长大了一些，有一双狐狸一样的眼睛，不再是那个动不动就发疯的小孩。他会笑，然而，他的笑已经不那么纯粹了。

爸爸不在家。邻居告诉马亮，种地不赚钱，马亮爸爸禁不住别人劝说，跟着工程队出去打工了。

别人劝说他的理由很简单："赚了钱，还怕没媳妇？"

从那之后，马亮的家再也没有人回来过，就这么荒废了。

第九章　梦碎

汽车报警声已经被他远远地甩在脑后,听不到任何声音了,马亮还在一路狂奔,筋疲力尽了也没停下,直到被石头绊倒,摔在地上。腿脚钻心地疼,马亮龇牙咧嘴地在地上翻滚,强忍着不叫出声来。昏暗中,他似乎听到了轩轩凄厉的哭声。

"哥哥,哥哥,你在哪儿……"

"哥哥,你不要走,你快回来!"

轩轩在马亮离开之后,就从垃圾站冲出来,一路跟着他,可这会儿,他跟丢了。马亮紧紧地闭着嘴,腿上的痛还没有消散,他暂时跑不动,便躲在一面墙后面的阴影中。轩轩的声音很快就来到了附近,他尽可能地屏住呼吸。很快,轩轩的声音又远了,慢慢地听不到了。

马亮一瘸一拐地从墙后面走出来,走进一条巷子里。他像突然耗尽了体力一样瘫软在地上。那一刻他无比痛苦,心脏仿佛要炸裂开,他无法控制呼吸,也无法控制情绪。他不明白,自己的心为什么会这么痛呢?

轩轩的声音又开始回荡在他四周,和记忆里自己在山坡上呼喊妈妈的声音是那么相像,两个时空犹如重叠在此时。循着声音,马亮找到了轩轩,远远地看到他蹲在路边抽泣。

他不小心发出了一点声响,瞬间被轩轩小猫一样敏锐的耳朵捕捉到了。他抬起头来,惊喜地喊道:"哥哥!"

马亮默默走了过去,轩轩猛地扑向马亮,紧紧地抱住他不撒手:"哥哥,我以为你不要我了……"

马亮蹲下来,把轩轩拥进怀里:"我不走了。"

轩轩问马亮:"真的不走了吗?"

马亮想了想说:"不走了。"

轩轩特别幼稚地问:"永远都不走吗?"

马亮知道自己不可能永远都不走,可他不想骗轩轩。想到轩轩不会数数,他说:"我答应你一百天不走。"

轩轩开心地大叫:"好耶!"

马亮没睡着,瞪着眼睛思考着什么,轩轩紧紧地靠在马亮的身边,睡得很好。不知怎的,马亮觉得自己内心很平静,许久没有的那种平静。他似乎又找到了新的依托,眼睛里充满了光亮。

后半夜,轩轩醒来,马亮跟轩轩说:"跟我走吧。"

轩轩没有问去哪里,哥哥去哪里,他就去哪里。

月光下,两个很相像的影子在一条坎坷不平的路上前行。马亮双手揣着兜往前走,一个小小的影子从后面追了上来,马亮伸出一只手拉着他。

马亮跟轩轩说:"我是不是跟你说过偷东西是不对的?"

"为什么?"

"你不经阿姨同意就把她的手机拿走,这样不对,知道吗?"

"知道了。"

轩轩到底知道不知道,马亮不清楚,也许慢慢地长大后,他就会明白了。

马亮带着轩轩去了真正的游乐园,虽然也很小。门口的售票员不让马亮进去,因为他看起来太脏了,马亮没有闹,就在外面隔着围栏看着轩轩兴奋地玩小型过山车。

秦奋笑话了周佼很久,说她一个全省模范刑警队队长、反扒标兵,竟然被小孩偷走了手机。

回想起周佼的这番经历,看着她悉心照顾襁褓里的孩子的样子，秦奋严肃地跟周佼商量：能不能安心休假，不要再想着工作上的事了？他担心周佼万一有个三长两短，自己没办法跟家人交代。

周佼对着秦奋一顿撒娇，她知道他最吃这一套。见秦奋态度缓和，她顺势提了新要求："明天帮我个忙呗。"

"什么忙？"

"帮我买个手机。"

秦奋白了她一眼，说："你这是因公丢的手机，让你单位给你买。"

周佼假装难受，秦奋直接服软，连忙答应。

不过，周佼的手机很快就找回来了。

几天后，周佼在婴儿店看衣服，门口突然闹哄哄的，周佼看过去，似乎看到了轩轩的身影。她连忙放下手里的衣服上前查看情况，有个人与她擦身而过，她警惕地看了看四周，没找到人，却看到自己被偷的手机正端端正正地躺在店门口的窗台上。她知道是马亮和轩轩还回来的。

而此刻，轩轩和马亮躲在店铺外面的墙角，连大气都不敢出。他们等了一会儿，没什么动静，以为没事了，正悄摸摸地准备走，可一抬头就看到周佼站在他们正前方，摇了摇手里的手机。

马亮支支吾吾道:"你……你有什么事?"

周佼上下打量了一下轩轩和马亮,两个人不知道什么时候剪掉了头发、洗了澡,看上去干干净净的。周佼第一次看到马亮的正脸,原来他长得如此清秀好看。

周佼说:"谢谢你们帮我找回手机,我请你们吃个饭,不为过吧?"

周佼的盘子里已经堆得满满的,她还在不断往上面夹食物。轩轩看着眼前堆成山的螃蟹腿,惊奇得合不拢嘴。马亮在一旁沉默地看着周佼教轩轩怎么最大限度地利用盘子的空间。

周佼扒着螃蟹说:"生孩子哪儿哪儿都不方便,就一点好,可以放开吃。"

轩轩和马亮做梦都没想过,有一天能面对这么多好吃的,都不敢动手。周佼提醒他们自助餐是有时间限制的,再不吃,到时间就吃不了了,马亮和轩轩这才放开手脚,简直一发不可收,吃了一盘又一盘。收盘子的服务员都看傻了眼。

周佼看他们吃得如此开心,随口问:"你们父母在哪儿?"

马亮警惕地看着她。轩轩抢着说:"在深圳。"

"那轩轩为什么不上学呀?"

马亮打断她的问话:"你哪来的这么多问题,真倒胃口。"

周佼看马亮不开心,知道他还防备着自己,说:"我在民政局工作,平时帮人弄户口啊什么的,职业病。轩轩这么大,按照国家法律规定,是必须接受义务教育的。"看到马亮不回应,周佼追了一句,"这钱国家给,你不用出钱。"

马亮扔下手里的筷子,说:"我们吃饱了,谢谢。"

轩轩不情愿地跟着哥哥走了。他回头对着周佼咧嘴笑,露出豁口的门牙,一个没注意,嘴里还没嚼完的食物从牙缝里漏了出来,把周佼乐得哈哈大笑。

晚上,马亮认真思考了周佼说过的话。轩轩这样跟着自己饥一顿饱一顿地生活,到底对不对呢?他不想让轩轩受到伤害,所以把轩轩从爷爷那里带回来留在身边,但跟着自己,轩轩未来有出路吗?

马亮看了看简易桌子上轩轩乱画的纸本,想到了轩轩在学校门口渴望的眼神,虽然他嘴上说不想去上学。周佼说得没错,他不想让轩轩偷东西、变坏的话,就应该让他去上学。

天还没亮,周佼的手机响了。秦奋在一边嘟囔着她为什么睡觉前不把手机调成静音。周佼放轻动作下了床,走到卧室外面接了电话。是马亮打来的。

秦奋看她穿衣服准备出去,看了一下时间,才五点,他嘴上还没问出"你去哪里",周佼就已经出了家门。

周佼来到公园的凉亭，轩轩还没睡醒，靠在马亮身上轻轻地打着呼噜。

周佼问："叫我来干吗？"

马亮没有带任何戒备心，非常诚恳地请周佼帮忙："我要离开几天，最多一星期，能请你帮我照顾弟弟几天吗？"周佼带着疑惑的眼神看着马亮，马亮也知道她在怀疑什么，连忙说，"我不是要扔下他，我真的有事，我一定会回来接他的。"

"那你为什么交给我？"

马亮不敢说出自己真实的想法——他害怕赵老大会趁自己不在的时候把轩轩带走，也不确定自己离开的这几天里轩轩是不是可以照顾好自己。几次接触下来，周佼从未伤害过自己和轩轩，或许就像轩轩说的，她是一个好人，他觉得，或许可以把轩轩托付给周佼。

周佼默许了，但是她还想问清楚马亮要去哪里。

马亮说："我不想说，我肯定会回来的。"还没等周佼追问，马亮放下轩轩就走了，没走几步又转头叮嘱，"他不爱喝纯牛奶，因为喝了会拉肚子。还有，他要是问我去哪儿了，你告诉他，我会回来的。"

周佼问："你会回来的吧？"

马亮似乎没听到周佼的问话，眨眼间身影就消失在了街角。

江州市第三监狱不在江州市区，而是在下辖的一个偏远的县级市。从江州到这里，至少要一天时间，马亮提前一晚抵达。天光未亮，他就来到第三监狱门口等待着，生怕错过了时间。

硕大的监狱铁门横亘在面前，透出一种压迫感。马亮站在门前翘首以盼，有人出，有人进，可是他从白天等到黑夜，都没见到爸爸的身影。晚上，马亮窝在不远处的一个小商店屋檐下的椅子上睡了一觉。他睡得特别安稳，没做任何梦，这一夜就在他闭上眼睛睁开眼间过去了，仿佛天亮了，幸福就会到来。

第二早晨，没有人出来。下午出狱的两个人也都不是爸爸。直到夜晚再来临，马亮有一些急了，心里生出一种不好的感觉。马亮安慰自己，也许是他记错了具体的日子，要么镇子上的警察告诉自己的时间是错的，但肯定就在这几天。再等一天，已经等这么久了，再多等一天也没事。

第三天，人进人出，车进车出，又到了监狱下班的时间，马亮还是没有看到爸爸出来。一辆警车从大门里驶出来，开出去一会儿又倒了回来，停在马亮身边。开车的人摇下车窗，问道："这几天都见你在这里等着，你等谁？"

"等我爸。"

"你爸叫什么？"

开车的人去传达室打了一个电话，在电话里询问了很久之后，走回马亮身边。他深吸了一口气，才告诉马亮："你爸爸一年前就出狱了。"

车开走，留下错愕的马亮。这一刻，他的梦碎了。

马亮一个人走在路上。已经是黑夜了，沿途没有什么车经过，他也不想拦顺风车，就想自己走走。刚才那个人反复地告诉自己，爸爸已经提前一年出狱了。马亮问对方为什么爸爸不联系自己，自己明明给他寄过信，留了电话，告诉他自己就在江州，等着他出来一起回家。

没有答案。走着走着，马亮忍不住哭起来，他觉得自己不应该为这件事哭，错的又不是自己，但他忍不住。一次又一次地被抛弃，使他觉得更加无力，心痛得绝望——全世界都不要自己了。

马亮用尽全力踢打着路边的一棵树，想把所有痛苦发泄出去。他从一个小镇上的小店里顺了一瓶白酒。白酒辛辣难以下咽，马亮第一口就吐了，可是书上说喝多了就不会这么难受了。马亮强迫自己一口一口继续喝。他一边喝，一边哭，一边笑，一边走，突然大脑像卡顿了一样。他知道，自己醉了。他顺势躺倒在地，像一摊烂泥一样。

不知道躺了多久后，不知从哪里传来一个声音，马亮分不清是现实还是酒后的幻觉，他寻找着那个声音："等我们有了钱，我们就回北方老家去，买一个房子，做一点小生意。等过年的时候，就带你去看烟花……"

周佼给轩轩洗了澡，终于把轩轩身上日积月累的污垢都给搓了下来，轩轩被搓得龇牙咧嘴的。穿上新衣服的轩轩变成了另一种模样，原来他也是可爱的。

周佼带着轩轩，逗着襁褓里的婴儿，婴儿被逗得哈哈大笑。轩轩却不是很开心，不断问周佼："哥哥什么时候回来？"

"哥哥很快就回来了。"周佼不知道，只能耐心且温柔地安抚他，"为什么喜欢跟哥哥在一起啊？"

"他不打我，他对我好，给我买东西吃，教我数数，还唱歌给我听。"轩轩说起哥哥的时候，眼睛里都是小星星。周佼看得出，他真的喜欢哥哥。

"那平时哥哥都在做什么，你知道吗？"周佼的直觉告诉她，马亮大概率做了一些不好的事情。

轩轩说："不知道，他不带我去。"

"为什么不带你？"

"哥哥说他做的事情不好，不让我学。"

轩轩的话让周佼动容。周佼没有明白的是，马亮的言谈举止为什么那么割裂。从业这么久，她还是第一次遇到这种状况。

轩轩睡着了，就在周佼的床上，再加上襁褓里的小婴儿，整张床上没有了秦奋的位置，他只得半躺在床边。周佼一脸抱歉，但秦奋仿佛习惯了，没有埋怨也没有不开心。两人安静地看着孩子们。秦奋先打破了沉默，问："他哥哥还没回来？"

"我联系不到他哥哥，手机一直关机。"

秦奋觉得这是很不好的一种状况，他理解周佼此刻为什么这么沉默。想了很久，他问："那他哥哥不回来，他就在我们家一直住着吗？你跟他们很熟吗？你是不是忘记了你是一个警察？"

周佼知道秦奋在提醒自己不能感情用事。是，作为一名刑警，她应该客观、冷静、理智，可她也是个妈妈啊。

秦奋这些天都在沙发上睡，轩轩敏锐地感觉到秦叔叔不开心了。早晨周佼带着轩轩去买早餐，两人商量着要给秦奋买好吃的。刚出小区，他们就看到了马亮。马亮看着他们，努力地挤出一个微笑。

轩轩跑向马亮，扑进他怀里，连商量好要吃的油条都不吃了。马亮跟周佼道了谢，带着轩轩头也不回地离开了，丝毫不给周佼多刺探他们生活的机会。

这两个孩子常常在自己的生活里突然出现，又消失，周佼觉得，这好像是上天给自己出的一道难题。

从监狱回来之后,马亮把家里关于过往的一切都当垃圾扔掉了,那张合影也被撕碎扔在各处,再也无法找回并拼凑完整。他带着轩轩离开了他们原来生活的地方,来到另一处无人问津的角落,一块木板,两床被子,就这样重新安了家。马亮之所以离开,是因为他在富民里周围发现赵老大的人在打听他跟轩轩的下落。显然,赵老大不打算放过他们,尤其是轩轩。

他若无其事地去找赵老大还钱,明确地告诉赵老大,自己会很快还清欠他的钱。

赵老大皮笑肉不笑,问:"然后去哪里?"

马亮说:"这你不用管。"

赵老大问:"小孩你也要带走?"

"我还钱,你别管我的事,我们说好的。"

赵老大没想到,马亮像变了一个人,从之前的唯唯诺诺变得无所畏惧了,看自己的眼神也带着一股狠劲。他到底经历了什么?

第十章 "偷"一个未来

自从发现砸车盗窃来钱快之后,马亮就决定踏上这条不归路。

他重新回到那晚他砸车的小区外面。那天被砸的车还在那里停着,过去了这么久,也没人把它开走。地上还有破碎的车窗玻璃,完全没有人来清理,看样子,车主许久没有回来了。

在四周来来回回观察了好久,确定周围很安全之后,他走近这辆车,透过被砸碎的车窗向里面看。

一个玉质菩萨吊坠挂在车内后视镜上,晶莹剔透的。马亮看着菩萨的脸,平和、慈祥,仿佛在对自己微笑。那一刻,马亮在内心向菩萨许了一个愿望,保佑他和轩轩平平安安。

随后,他把玉吊坠从车里取出来,放进兜里。

马亮决定把轩轩留在身边，既然如此，他就得保护好他。他不想让赵老大把轩轩带走，所以他选择还钱，还更多的钱给赵老大。

砸车取物远比他之前去商场盗窃更容易操作。他不需要提前踩点，也不需要伪装自己、躲避商场内的监视器，只需要每天在各个户外停车场溜达，看到方便下手的车，掏出准备好的锤子敲碎玻璃，寻找值钱的东西就好。找不到也没事，换一个目标继续。有些长期停车场没人看守，他一晚上可以砸掉好几辆车，收获颇丰。

马亮带着轩轩去吃好吃的、买好玩的，主要都是给轩轩买，自己吃轩轩剩下的。偶尔轩轩站在学校门口，透过围栏看着小朋友上体育课、玩游戏，他也默默地站在一边，陪轩轩一起看。

马亮确认了，爸爸出狱之后是故意不联系自己的。因为老家有人告诉他，他爸爸又结婚了，对方是一个南方女人，说着他们听不懂的话。他们在镇子上租了新的房子，再也没有回黄土地上的那个家。爸爸妈妈都跟过去的生活说了再见，他没想到的是，这个过去当中还包括他自己。

轩轩也一样，他们有爸爸妈妈，却也没有爸爸妈妈，如同孤儿一般被遗忘在世界无名的角落。认清这个真相之后，马亮觉得自己就像随时要燃尽熄灭的蜡烛，如果他还能做点什么的话，他想把仅存的一点点光亮留给轩轩。轩轩还小，他的路还很远。

马亮知道自己必须还清赵老大的钱，还要给轩轩攒够一笔学费。他算好了，只要他够"努力"，轩轩的学费很快就能凑齐。

赵老大苦于警方的严打行动，实在无法继续在江州待下去，正忙于准备跑路。走之前，他发现了马亮背着自己做的一些事。经常帮马亮销赃的店老板，向赵老大交了马亮的底，他拿出账单，告诉赵老大，马亮每次来都说是赵老大交代的东西，他也就没多心，都会直接把钱交给马亮或者送货来的小孩。

听到了小孩，赵老大眼睛都亮了。赵老大问："卖了多少钱？"

"前后少说也得有个六七万。"

赵老大没想到，马亮竟然搞了这么多钱。他若有所思地笑了，感叹马亮这小子有一手。

赵老大让手下的人去找马亮。钱，他要拿到，小孩，他也要。手下的人想提醒赵老大现在风声很紧，不太能像之前那样随意出去，但是面对赵老大仿佛要弄死人的眼神，他们默默地把话吞了回去。

赵老大想要找到马亮其实很简单，马亮总得要出货销赃，只要他来出货，赵老大就有办法抓到他。

夜里，马亮照常来到店里换钱。老板说现金不足，问可不可以转账。这种销赃交易都是用现金，马亮没有身份证，根本没有办法跟其他人一样使用银行卡，更别说在线转账了。店老板自然知道马亮不接受转账，这是他们套好的招，他要拖延时间，好给赵老大通风报信。

马亮说要现金，于是店老板提出自己出去给他换，让他等一会儿。店老板不会回来了，他知道赵老大的手段，过一会儿马亮不会有好果子吃，自己的店也要跟着遭殃，他得先躲一下风头。

马亮在店门口等了十多分钟，也没等到店老板回来，他警惕起来，不能再一直等下去了。眼睛一转，马亮决定离开。

与此同时，赵老大的面包车已经在来的路上了。因为赶时间，赵老大的车闯了红灯，在一个十字路口追尾了一辆满载钢筋的小货车，钢筋直接刺穿了面包车车身，赵老大一行人被困在了车里面，现场十分惨烈。他怎么也不会想到，自己混迹江州这么久，终结于一次意外。

从交通广播新闻里得知赵老大落网的消息，压在马亮心头的大石突然落地了。马亮觉得是兜里的玉菩萨吊坠保佑了自己。他把玉吊坠给了轩轩，希望轩轩一直平安下去，即使有一天自己被抓了，也有菩萨保佑着他。

周佼来到审讯室,看到胳膊上绑着绷带的赵老大。吴恒迎过来说:"全撂了。"

赵老大主动交代了自己的犯罪事实,警察怎么问,他就怎么回答。从进公安局那一刻起,他就知道,自己越早交代,法庭上的情况就对自己越有利。赵老大还说事故现场跑了一个人,是自己团伙的重要成员,也是前段时间连环盗窃案的主谋。

周佼看到他指认的逃犯照片,那个人正是马亮。尽管周佼早有预感,可是面对赵老大的指认,她内心还是五味杂陈的。

没有赵老大这个"阎王",马亮更加肆无忌惮地四处砸车。少了一个销赃的店,还有更多的店可以出货,反正赵老大进去了,胆子大的人多的是。

他专门找那些好车砸,再把车内值钱的东西拿走,换成现金存起来。他的铁盒子已经快要盖不住了。

有时候,马亮还会故意等有人追来了才跑,这种刀尖上行走的刺激感受能让他真切地感受到,自己还活着。也许,他是想给自己无望的人生留下一点乐趣吧。

然而,他绝对不允许轩轩晚上跟自己出门,也不再允许轩轩替自己去销赃。出门之前,他会把轩轩藏好,反复叮嘱轩轩不要外出。

马亮砸的车越多，公安局接到的报案就越多。原本的盗窃案还没侦破，突然又冒出一起连环砸车盗窃案，江州便衣刑警支队更加头疼了。

砸车案件涉及巨大群众财产损失，而且性质还在升级，事态越发严重。支队破案压力与日俱增，周佼不顾秦奋的极力反对，提前销假返岗，出现在了刑警支队的案情分析室。

经过调查分析，他们发现，犯案人员是一个流浪汉，往往夜间作案，具体时间不固定，暴力砸车，手法粗糙，而且完全不顾是否会被发现。可嫌疑人穿着厚厚的大衣，长长乱乱的头发遮挡着脸，从监控根本看不清楚他的长相。

刑警支队联系之前盗窃案的线索，判断嫌疑人为同一人，将两案并案办理。加上赵老大的指认，他们锁定了马亮。

当怀疑得到印证之后，周佼内心的疑惑是，她可以清楚地感受到，马亮不是世俗眼中的坏人，他为什么会这么做呢？

周佼让同事提前在案件高发地区布控人力，守株待兔试试看。

马亮知道警察开始布控了，但是他依然选择铤而走险继续犯案，可能是因为他对江州太过熟悉，没人会比他更清楚从哪里可以轻易逃走。

他在刑警队附近一个停车场的一辆奔驰车里，看到了一条珍珠项链。他知道旁边就是刑警队，如果贸然砸车惊动了他们，自己被抓的风险极高，然后他看到了刑警队对面的学校。现在是晚自习时间，每隔一段时间，学校的上课下课铃就会响起。他灵机一动：他可以趁学校铃声响起时动手，车的警报声和学校的铃声混在一起，无人能够快速地发现。他找准时机动手，钻进车内把珍珠项链取出来，然后快速混进接孩子放学的家长队伍里，逃之夭夭。

当然，也有出现意外的时候，比如马亮在无名的街道躲避警察巡查时，却遇到了半夜找他的轩轩。他躲在暗处大气都不敢出，而遇到警察的轩轩也有点慌。

警察问轩轩，这么晚了为什么还在外面。轩轩说找哥哥。警察问哥哥是谁、在哪里。轩轩知道不能说，就装哭。一看小朋友哭了，警察就问他家在哪里，还说要送他回家。轩轩瞬间止住眼泪，说自己知道怎么走，一溜烟地跑了。

马亮心有余悸地回到他们住的地方，很认真地跟轩轩说："你要是不听我的话，我就不要你了。"他自然不希望轩轩再出门，这一次是幸运，下一次就不一定了。

轩轩不说话，有点委屈地低着头。马亮语气温柔下来："那你就听我的话，好好待在家里，我就不走了，可以吗？"

轩轩马上点头同意，问马亮："如果你被抓走了，你还会回来吗？"

马亮心想，被抓走了应该就回不来了吧。

轩轩却跟马亮说："哥哥要是被抓走了，你答应我一百天就回来可以吗？"

也只有小孩才会说出这种幼稚好笑又真诚的话。一百天，三个多月而已，可马亮要是被抓了，面临的刑期绝对不止三个月。

轩轩等着马亮回答，马亮明明知道自己不可能回来，还是点头答应他："我答应你。你等我一天，就在墙上画一道，等你画满一百道，我就回来了。"

马亮似乎知道自己的归处。对他来说，明天是什么不重要，他害怕明天来到，因为明天充满了未知和变数，只要明天不来，就代表他今天是安全的，可以继续陪着轩轩。他巴不得天永远不亮，无尽的黑夜才能让他安心。

马亮只消停了几天，在此期间，他提前为轩轩的未来做着各种准备。他来到一所看上去很不错的寄宿学校，找到招生的老师。老师一看到马亮脏兮兮的样子，热情瞬间消散，言语中也带着不屑。马亮无视他的态度，开门见山地问："学费怎么收？"

"按年的，一年两万。"

马亮低着头算了算，攒的钱还差一些，又问："什么时候可以入学？"

老师递给他一张学校的宣传单，上面的小孩背着书包，系着红领巾，笑意盈盈。

马亮又咨询了其他几家学校，轩轩现在没办法去公立学校读书，他没有任何学籍信息，也没有监护人陪同，所以他只能通过花钱解决。

钱越多越好，这是马亮得出的唯一结论。他像得了失心疯，满脑子都是钱，只要有钱，一切问题就能迎刃而解。他甚至荒唐地认为，他过往所经历的一切，都是没钱造成的，所以只要有了钱，即便自己的人生不能重来，至少轩轩能去读书考大学，拥有一个美好光明的未来——怎么都比自己现在这样，在阳光照不到的烂水沟里消磨时光、等待死亡好上百倍千倍。

终于，机会来了。

那是马亮以前就盯过的一个人——陈哥，是毛哥带着他认识的。他多少从事一些非法行当，比如经常在夜店里向很多年轻女孩，甚至未成年人兜售药丸，马亮亲眼见过。他身上会带很多现金，都是卖药丸得来的，他会在固定的时间把这些钱换成整钱，再开车送往另外的地方。所以他身上有很多油水。

陈哥正好从一家高档烟酒行出来，手里掜着两摞现金。因为在接电话，他顺手把包连带着现金直接放在后备箱。

两摞现金，至少十万块钱，加上之前存的，足够了。

马亮知道机会来了，这可能也是最后的机会了。危险自然是很危险，但值得尝试，反正是坏人的钱，该拿还是要拿。他连续跟了陈哥一整天，终于看到车子停在了一个位置偏僻的豪华酒店的外停车场，陈哥进了酒店，就再也没出来。马亮决定在凌晨时动手。

一切都很顺利，他来到酒店的外停车场，确定没人之后，用凌乱的长发遮住脸，选了一个特别的角度背对着监控摄像头，偷偷地往车边靠近。他习惯性地拽了一下车把手，没想到，车门顺势打开。这么粗心大意，竟然没有锁车。马亮放松下来，就像进自己的车一样开始大胆地翻找。但翻遍了车内和后备箱，连脚垫他都掀起来了，也没有找到那两摞钱。

马亮突然明白当初壮哥为什么会执着于那个黄金摆件了，因为越是得不到的东西，人就越想要。时间一分一秒流逝，现实告诉马亮，那两摞钱不在车里，他要学会见好就收。后备箱有两箱酒，看标签他知道价值不菲，也能卖个万把块钱，贼不走空，于是他把酒箱摞在一起，抱着就跑。

一开始他还能快速奔跑，但两箱酒太重，他的体力很快就耗尽了。看着四周安安静静的，没什么人，马亮放慢了脚步，走累了就在路边歇一会儿，一路上走走停停。

突然有一辆车迎面驶来,明亮的车灯划破了黑夜。马亮一紧张,习惯性地背过身,面向路边的广告牌,一动不动地站定。过往的躲避经验告诉他,这样站着,大多数时候都不会引起别人的注意。

周佼跟着一队巡逻警察开车在江州的新开发区一带做网格巡逻搜索,他们开着私家车,以免打草惊蛇。巡逻了好几天,一直都没有结果,大家也知道这种广撒网的方式效率不高。

大家都很疲倦,注意力也在下降。吴恒开着车,一边打哈欠一边随意地观察着周围。这一带是新开发区,人烟稀少,只有少数几个社区有人入住。他们走的这条路一眼就能看到头,深夜这个时间,没有看到什么可疑的人,偶尔有一两个醉汉或者下夜班的行人。

车开过一排招商广告牌,吴恒看到路边有一个流浪汉在对着广告牌撒尿,他打了一个哈欠就过去了。他太累了,丝毫没注意到有什么异样。

见车子驶出了一段距离,没有要停下来的样子,马亮才松了一口气。

周佼看着后视镜里在广告牌边站着的流浪汉,突然警觉起来,问吴恒:"那个是什么人?"

吴恒说:"流浪汉吧,估计在撒尿。"

周佼觉得这个人出奇地眼熟,当初盗窃案监控画面里出现的马亮也是这样用蓬乱的头发盖住了脸,身上穿着大衣。周佼整个人都变得锐利起来,跟吴恒说:"把车慢慢停下来。"

吴恒听到周佼的语气变得严肃,知道有情况,把车速降了下来。周佼给身边的老马指了指站着的那个人:"老马,瞧一眼,是不是有问题?"

老马转头看了一眼,他的眼睛在黑夜里特别亮,视力比正常人好得多。那个人哪是在对着广告牌尿尿,他手里明明抱着东西,姿势都变形了,肯定有问题。老马给周佼一个眼神,大家明白了。吴恒手脚利落,慢慢停下车,然后一个急掉头,车灯对着广告牌边的人。

马亮一看车回来了,扔下手里的酒箱,撒腿就跑。他跑不过车辆,从旁边竖起来的广告牌的缝隙里钻了过去。

车停在马亮溜进去的地方,周佼他们迅速下车,大喊:"别跑!"

广告牌后面是未完成的工地,四处扔着建筑废材。因为许久未施工,长满了杂草,在里面穿行极难,但也不容易被找到。马亮在工地里仓皇奔跑躲避,看到一处黑洞洞的入口,他想都不想就钻了进去,也不管后面是不是藏着什么。在逃命的时候,恐惧是最容易被忽略的事情。他躲在黑暗中，努力压制着喘气声。

也许他们找不到自己，自己就能躲过这一次。

不一会儿，追来的脚步声逐渐逼近。马亮屏住呼吸，尽管自己尽量保持不动，手脚轻盈，但是动作再轻，也会发出细小的声音。那声音在如此安静的夜晚，被听得清清楚楚。

位置暴露，马亮想都不想就向反方向的出口跑去——跑出去就有躲避藏身的地方了。四周都是慢慢升起的在建高楼，中间的空地上有一片荒草，马亮只能跑进空地，却发现没有出路了。

还没开发完成的工地外有一圈铁丝网围栏，马亮想顺着围栏找到一个可以让自己逃出去的缺口。而追他的人穿过围栏围捕过来，他像是鱼入巨网一样，无处可逃。

手电筒照了过来，正中马亮的脸。追上来的周佼看着马亮，马亮也看到了周佼，两人都愣了一瞬。

没处躲藏的马亮想从一个细小的缝隙里硬钻出去，铁丝网的边缘却挂住了他的棉袄，也割伤了他的肚子。他被卡着，动弹不得，挣扎了几下就放弃了。

轩轩还在荒地的新家里等着马亮。马亮每一次离开之前都跟轩轩说，太阳升起来的时候，如果自己还没有回来，就回爷爷那里去等着自己。

太阳升起来了,哥哥还是没有回来。轩轩又等了一会儿,周围都被照亮了,他也觉得日光太刺眼了,仿佛只有在黑夜里他们才是安全的。轩轩听马亮的话,收起自己的东西,拿上马亮给他准备好的铁盒子——那里面是马亮留给他的钱。

轩轩往城南走,去找爷爷。

第一天,第二天,第三天,第四天,第五天……每一天,轩轩都会长途跋涉从最南面走到在荒地上的新家,看看哥哥有没有回来。好多天过去了,他始终没见到哥哥。

轩轩想起哥哥跟他说,如果他没回来,每过一天他就在墙上画一道,等画到一百道的时候,他就回来了。轩轩每一天走之前,都会用白色的石灰石在荒地中间的矮墙上画一道。

其他时间,他就在城市里四处寻找,就跟当初马亮一样,漫无目的地在大街上游荡,期待着能和哥哥遇到。人海茫茫,他始终没找到哥哥在哪里。马亮就像他妈妈一样,突然消失在自己的世界里。

周佼对马亮抱着很复杂的心情,一时间没办法客观地参与审讯,所以第一次审讯时,她主动提出避嫌,由吴恒主审。马亮用在蓉城时壮哥教他的手段,说他是孤儿,无父无母,还说了好多个假名字,审讯一时间很难进行下去。

"叫什么？"

"潘安。"

吴恒瞪了他一眼，马亮撩开自己的脏头发，说："不像吗？"

脏头发之下的马亮，其实看起来没有那么不正常，如果洗去脸上的污垢，兴许他还是一个帅小伙。

吴恒气得拍了一下桌子："你注意点啊，这里是公安局，不是过家家。"

吴恒："姓名！"

"不记得了。"马亮咬死了什么都不说，"真不记得了，我就是不记得了，你要我怎么样？怎么样？"

周佼一直在外面听着马亮在审讯室里胡闹。

即便马亮拒不配合审讯，但要想查出他的身份信息，也根本难不住周佼他们。周佼让吴恒找人给马亮剃了头发，让马亮把脸擦干净之后，给他拍了一张照片，输入公安的人像比对系统，不过几分钟，马亮的真实姓名、年龄和出生地就一目了然了。

周佼看到马亮有入狱服刑的记录，几个电话，她就得知了过去的马亮发生了什么。周佼见到了马亮，她知道面前的马亮在防御阶段，跟她以前遇到的那些未成年嫌犯一样，对这个世界带着天然的敌意。马亮用一种怨恨的目光看着周佼，从他的眼神里，周佼读到了一丝被欺骗的感觉，可是周佼从一开始都没有想过要骗马亮。

她从第一次在路边见到马亮和轩轩,再到后面主动帮助他们,取得他们的信任,一直到马亮被抓之前,她都宁愿相信马亮只是一个在街头努力活下去的孩子而已。但是马亮竟然做了这么多起案件,和她过往的经验判断有着很大的冲突。她很想知道,马亮到底是因为什么做了这么多不合常理的事情。

警察来到马亮曾经住过的地方——富民里的那个小楼,发现了大量被盗而来却没有出手的赃物,大多数东西都放了很久,上面满是泥土。

马亮指认现场的时候,找到了一摞钱,被包在一个干净的塑料袋里,这是他给轩轩准备的另一份钱。他知道轩轩回到家后,身上的钱不一定能留得住,所以他另藏了一份。

吴恒还找到了装着腐烂物的奶盒子、各式零食、散乱在四处的小孩玩具、木板床旁边的幼儿漫画书,还有一个遥控电动车。

吴恒问马亮:"这是谁的?"

"我……我的。"马亮说完这些话,就看到周佼在盯着自己,他把头低下去,躲藏着。

周佼也知道马亮在撒谎。周佼看到马亮的眼睛红了,突然,他又抬起头看着自己,眼泪在眼里打转,仿佛在求助一样。他在乎的,必然是那个孩子。周佼懂的他意图,他想保护一个人。

吴恒带着马亮回去之后,人群也就散去。周佼重新回来,找了许久,找到了藏起来的轩轩。

轩轩每天都在他们曾经出现过的地方等着、找着。这天,他看到剃掉了头发的哥哥被一群人押着,往富民里的方向走去。哥哥的头发被剪短了,可他还是一眼就认出来了。他也熟悉富民里,就像第一次马亮追他那样,他从别人看不到的小路巷道里,靠近了他和哥哥曾经的家。

哥哥曾说,如果有一天他被一群人带着回到这里,他就得躲着不能出来。轩轩听哥哥的话,躲在远处,注视着这群人。

"轩轩这几天在哪里住着?"

轩轩装作不认识周佼的样子,四处躲着她,不管周佼怎么问,他都不回答。哥哥告诉过自己,如果哥哥被抓了,不管谁找他、问他,他都要说不认识哥哥。

周佼猜测轩轩的这些行为都是马亮提前教会的。她耐心地跟着轩轩,转换了思路,问道:"阿姨饿了,你可以陪阿姨去吃汉堡吗?"

轩轩爽快地应下。果然小孩都无法抗拒好吃的。

在汉堡店,周佼看到轩轩吃汉堡的方式很独特,只吃中间的肉,把菜和面包留下来。

周佼问:"为什么这么吃?"

轩轩不回答。周佼想了想,不再直接问问题,而是说:"阿姨不是坏人,对吧?"

轩轩点头,哥哥跟自己说过,这个阿姨不是坏人。

周佼说:"哥哥是不是告诉你不能跟任何说他的事情?"

轩轩犹豫地点点头,既然哥哥说她是好人,那应该可以说吧。

"你想哥哥吗?"

轩轩想都不想地点头,他想哥哥。

"你知道哥哥去哪里了吗?"

轩轩摇头,一个字都没说。周佼想了想,用严肃一点的语气跟轩轩说:"阿姨要告诉你一件事,哥哥做错了一些事情,要好久都不能回来。"

"我知道,一百天。"

"一百天是什么意思?"周佼不解,看轩轩不说话,继续说,"哥哥骗了你,不止一百天,你要很久很久都见不到他。"

一听要很久都见不到哥哥,轩轩就不开心了:"为什么?哥哥是不要我了吗?"

"你哥哥拿走了别人的东西,值很多钱,偷东西是不对的,对吧?所以他要受到惩罚。"

轩轩放下汉堡,掏出来一个铁盒子,又把脖子上的玉吊坠拿下来，推给周佼。周佼打开铁盒子，里面是放得整整齐齐的钱，还有轩轩自己画的假钞。周佼还没问这是怎么回事，轩轩就一边流泪一边求着她："阿姨，我把钱还给你们，这个是哥哥给我的，你们可以让哥哥回来吗？"

轩轩努力忍着眼泪，哥哥告诉过自己，男子汉不能轻易流眼泪。

周佼轻轻地呼出一口气，觉得自己的话对一个小孩来说有一些残忍。看得出来，马亮是真心对这个弟弟好的。

有了轩轩这样一个突破口，审讯开始有了实质性突破。

马亮坐在审讯座椅上，手被铐着，头埋在双臂之间。有人在他面前放了一个橘子，马亮没有抬头，用眼角余光瞥了一下，他知道是周佼。

周佼向领导汇报了自己之前和马亮有过交集，领导还是决定让周佼来审讯，尽快定案。

周佼坐下来，用非常平和的语气问："姓名？"

马亮还是嘴硬："都说了，记不得了。"

周佼不管他回答什么，继续问："年龄？"

马亮机械地回答："不知道。"

"哪里人？"

马亮不敢面对周佼，问到这里的时候，他声音小得自己都听不到，然后就没有了声音，他无力回答什么。周佼深吸一口气，拿起面前的一张纸，开始念："彭响！"

马亮听到这个名字，惊讶地抬头看着周佼，仿佛这个名字是个魔咒。

周佼把纸反过来，那是一张身份证明，她示意马亮看："这是你的真名吧？现在刑侦手段多发达，拍张照片就能知道你是谁了。我现在还知道你生日是哪天。也快了，下个星期吧，21周岁。"周佼念着身份证明，"彭响，1997年12月5日生，陕西林县张家村人。父亲彭建中，因故意伤害罪入狱3年6个月，因狱中表现良好，提前一年释放；母亲……"

"别念了！"马亮打断了周佼。

周佼放下纸，正视着马亮的眼睛，加强审讯攻势："你知道弟弟叫什么吗？"

马亮瞪着她，凶意全露："弟弟的名字叫李明轩，明天的明，楼宇轩辕的轩，是希望他能成为未来栋梁的意思，名字的寓意很好。"

周佼注意到马亮在发抖，看来她的方法起作用了。

周佼要继续说，马亮吼她："闭嘴，我不想听，我什么都不知道。"

周佼大声喝止住马亮:"你端正一下你现在的态度,你以为你这样乱扯一通就没事了吗?你今天要是老老实实地把什么都交代了,还能跟大家一样正常生活。你还这么年轻,你还是个孩子,生活还可以继续的。"

马亮突然抬头盯着周佼看,他在质疑她。周佼也直视着马亮,等着他回答。马亮突然笑了一下,带着嘲笑的意味:"大家都一样吗?我们要是真的一样的话,你会愿意你的孩子跟我一起玩吗?"

见他有情绪变化,周佼知道,可以正常提问了:"你就不考虑一下你的以后吗?你好好交代,很快就能出来的。"

马亮的声音在发抖:"出来又能干吗?能做什么呢?继续偷,继续抢,还是去找抛弃我的爸爸妈妈?"

周佼感觉到,马亮内心的防线正在崩塌,她看得出他的绝望:"我知道你受了很多委屈,但是你不能只看到这些,难道所有人都是坏人吗?"

"那你为什么要对我们这么好?是真的关心我和轩轩吗,还是你早就想抓了我,升官发财去?"

周佼深吸一口气,站起来,从兜里掏出那个玉菩萨吊坠放在马亮面前,一字一顿地说:"轩轩告诉我,他会听你的话,会好好读书、考大学,等你出来。他会赚钱给你买大房子,他在等你！"

看着玉坠，马亮再也不敢抬头了，他低着头，眼泪一滴一滴地掉在地上。

面对轩轩已经被找到的事实，马亮没再隐瞒自己砸车的动机了："我本想给他攒够了上学的钱之后，自己就找一个地方死了，一了百了。"

周佼问马亮为什么想去死，马亮死活都不愿意说，眼泪就在眼眶里打转，然后被马亮"咽"了回去。

周佼很快在蓉城找到了马亮的妈妈。马亮的生母离开他之后重组了家庭，就住在马亮在蓉城时经常看到的桥边的小区里。然而，得知马亮的事情之后，妈妈拒绝出面。

周佼他们辗转上千公里，在林县找到了马亮的爸爸，他也重新组建了家庭，老婆是南方的少数民族，说的话周佼都听不大懂。马亮木讷的爸爸说的第一句话就让周佼感到无力："我们没钱把他赎出来。"

所有的办案警察无不为此感到悲哀。

几个月后，经法院宣判，马亮因犯盗窃等罪，数罪并罚，判处有期徒刑四年零六个月，并处罚金三万元。

现场没有任何家属到场，只有周佼列席。马亮被带走的那一刻，周佼还想着，他会不会跟毛毛一样，回头看自己一眼。马亮没有,他像和这个世界完全隔绝了一样,低着头消失在门口。

马亮服刑半年后,周佼申请去监狱探视。光着头的马亮坐在玻璃墙内,周佼则身穿警服坐在墙外。

周佼问他:"最近好吗?"

马亮不说话,始终都不回答周佼的询问。周佼不在意,也没有觉得马亮不回话会怎么样,只接着问:"心情怎么样?""吃得适应吗?"她还告诉他,有需要什么就跟狱警说,她下次带来。

周佼想起了一件事:"哦,对了,轩轩今年八岁了。你还不知道他生日吧?我们找到了他爸妈,给他上了户口,在多个部门的帮助下,轩轩现在上学了,小学一年级。他在学校交了几个朋友,虽然还不习惯,但是大家都对他很好,没人欺负他。前几天我还带他去医院做了体检,他长高了,也重了好几斤,小孩子就是长得快。"

马亮始终不说话,也不抬头。探视时间快到了,周佼掏出手机说:"轩轩给你拍了一个视频,他有话要跟你说。"

马亮这才抬起头。视频里,轩轩明显长大了一点,干干净净的,胸前系着红领巾,头上戴着生日帽,大家在给他唱生日歌。

拍视频的是周佼,周佼让轩轩跟哥哥说几句话。轩轩一听到哥哥,立马去书包里拿出自己的奖状和成绩单,对着镜头絮絮叨叨地说话:"哥哥,哥哥,这是我考的成绩,老师给了我小红心呀。老师说小红心就代表我进步了,我下回可以考得更好。我还会背二十首唐诗,等你回来了,我可能能背,能背,五十首。哥哥,你什么时候回来啊?我好想你。"

说着说着,轩轩嘴一撇,哭了。旁边的秦奋连忙给他擦眼泪,打趣他都是个小大人了,怎么还这么爱哭呀。

视频里还有婴儿的哭声。周佼跟轩轩说:"轩轩,轩轩,妹妹醒了。"

轩轩特别开心地跑到摇篮边去看醒来的妹妹,轻轻地摇着摇篮,哄着她。马亮看着视频,很欣慰,他擦掉差一点流出来的眼泪,抬头看着周佼。

周佼说:"你问我的问题,我给你答案了。"

临走的时候,周佼跟马亮说:"我们等你出来。"

第十一章　阳光照进黑暗

通往江州第三监狱的道路很崎岖，车从高速下来之后必须穿过整个城市，再开到城市对角的小路上，才能到达。要是坐公共交通从江州过来，需要一天时间，从早到晚。

车从县城里穿过的时候，看着外面倒行的光景，周佼跟随行的记者徐妍说："你看这像不像时间，倏地就过去了。时间偶尔会停下一会儿，在繁华市中心十字路口行走的人们身上，在路边热闹的店铺里；然后时间会继续，停在待拆迁的烂尾楼，它们像鬼魅一样存在于这个城市里，这里也有人生活着，人们却看不到。"

徐妍不明白周佼说的这段话什么意思，正要询问，汽车却颠簸起来。过了一阵子之后，周佼说："我们到了。"

第三监狱几层楼高的大铁门横在面前，需要仰着头才能看到全貌，铁门庄严且冷酷，身披灿烂的阳光。周佼和徐妍站在门外，像两只蚂蚁一样渺小，她们等着大门打开。

　　监狱的大门是电动的，打开时轰隆隆作响。门只开了一个小缝隙，阳光被阻挡在门外，照不进里面。门后是宽阔的院子，包裹着一层又一层铁丝网，周佼和徐妍经过一道又一道铁门，穿过一条又一条走廊，来到一个很小的会面室。

　　徐妍从包里掏出笔记本和录音笔，做好准备。徐妍第一次来监狱采访，显得很紧张。周佼拍拍她的肩膀以示安慰。其实周佼也很紧张，她已经很久没见过马亮了，不知道他现在如何。

　　开锁的声音不断传来，逐渐接近会面室。门打开，一个近乎光头、戴着手铐的男孩被狱警带进来，在周佼和徐妍对面的固定椅子上落座。徐妍看到这一幕，表现得非常不自然。周佼站起来跟狱警小声交谈了几句，狱警接着打开了马亮的手铐。

　　马亮从进屋开始就一直低着头，落座之后弯腰趴在膝盖上面，整个上半身几乎和地面平行，在对面看不到他的脸。马亮的头发又被剪短了，贴着头皮，头顶上一块不规则的伤疤清晰可见。

　　屋子里没人说话，安静得只听得到呼吸声。过了很久很久，阳光都转移了位置，照在三个人中间的桌子上。铁质桌子反射着阳光，屋子里被点亮，人们甚至可以看到空气中的微尘在飞扬。

徐妍语气温柔地问马亮问题，问了很久也很多，但马亮全程把头埋在双手之间，身体不由自主地发抖，也不怎么愿意回答。

周佼有一些着急，站起来想跟马亮谈谈，徐妍拦住了她："他要是不想说，就算了。"

空气凝固了一会儿。马亮埋着的头动了，沙哑的声音从他双手间传了出来："弟弟还好吗？"

周佼看到他愿意主动说话，松了口气："他很好。"

空气又凝固了一会儿，马亮突然开口，提了一个请求："我可以给弟弟唱首歌吗？"

徐妍连忙说："可以啊，你想唱什么？"

徐妍赶忙把录音笔递到马亮面前。马亮慢慢地把头抬了起来，双手极其不协调地挡着他的脸，像是没脸见人一样。透过指缝，徐妍看到了马亮的眼睛，亮亮的，有哭过的痕迹。

徐妍最终完成了采访，收拾东西准备离开，狱警则重新给马亮戴上手铐，准备带马亮回监室。这时，徐妍突然想到了一个问题。征得同意之后，她问马亮："你被判了这么多年，而弟弟才八岁，他忘了你怎么办？"

马亮背对着她们，细幽幽的声音传了出来："忘记了最好。"

"你会忘记他吗？"徐妍追问了一句。

许久，马亮才回答："永远不会。"

周佼和徐妍走出监狱。听了完整的故事，徐妍深吸一口气，努力让自己的情绪放松下来。她感叹，原来这一大一小两个男孩的故事背后，竟然隐藏着那么多让人唏嘘的瞬间。

徐妍上车之前突然转过头看着周佼，在思考着要不要也问周佼一个问题。

周佼看她有疑问："你要问我什么问题吗？"

徐妍想了一下，问："周警官，你为什么主动找我们来报道这件事呢？按照我的理解，你是一个老刑警了，被你抓过的人，没有五百也有三百了，你为什么偏偏对这对兄弟那么在意呢？"

周佼说："这个问题，我爱人也问过我。"

徐妍说："你怎么回答的？"

"我会想到毛毛。我第一次见毛毛时，他十三岁，偷东西被抓了，后来事实证明他没偷东西；第二次见到毛毛，他十五岁，聚众斗殴、持刀伤人，被关到成年才放出来；最后一次看到他，他躺在床上，躺在我面前，死了。"即便过了很久，想起这件事，周佼还是很难过，"我后来知道为什么我送他回家时，他父母对他那么热情了。是因为别墅是爷爷留给毛毛的，他们想让毛毛把房子让给新出生的弟弟。毛毛从小到大都没感受过父母的爱。

"别人都说警察有多么伟大，可是警察的无奈却没人知道。

这么多年，抓了放，放了抓，抓了放，放了抓，直到有一天判了刑再也出不来的人，数都数不过来。看到躺在病床上的毛毛，我在就想，如果第一次抓到他的时候，我可以告诉他什么是对的、什么是错的，那他会不会就不会死了呢？"周佼扭头看向徐妍，满眼泪水，"所以当我第一次看到马亮和轩轩的时候，我就一直在想一个问题，假设，我是说假设，他们还没有到不可救药的地步，我是不是可以帮他们一下……"

至于为什么主动邀请徐妍来报道马亮和轩轩的故事，周佼告诉她，光靠警察，这些案子永远都破不完，人永远抓不完，抓了也不能解决问题。这些孩子生活在黑暗里，认为所有人都抛弃了他们，没有了希望。我希望有更多人看到他们的故事，然后努力地让阳光照进他们黑暗的世界。

"至少让他们知道，阳光是不会伤害他们的。"

送走徐妍之后，轩轩的班主任打电话来说，轩轩今天没去上课。

周佼问："为什么？"

班主任告诉周佼，前几天轩轩告诉她，他爸爸要回来看他。轩轩特别开心，开始在本子上倒数爸爸还有几天会回来，还给没见过面的弟弟准备了礼物。可是他爸爸没回来，他记了八天，就没再继续了。周佼看到轩轩的作业本上有八条横线，后面再也没有了。

　　周佼知道去哪里找轩轩。她开车来到轩轩和马亮最后住过的家，果然，轩轩站在那面矮墙上，双手张开，来来回回地走，像鸟儿在飞翔。周佼看到轩轩脚下的矮墙上密密麻麻地画满了白色横线，远远超过了八，超过了一百，超过了五百。

　　轩轩信守着对哥哥的承诺，每过一天，他就会在墙上画一条横线。绿油油的草在断壁残垣间攀爬蔓生，他们曾经在这里生活过的痕迹都将会被掩盖，不管是快乐，还是悲伤。

　　周佼把轩轩喊到自己身边，播放马亮录给他的歌。录音里，马亮清了清嗓子，声音沙哑却动听，是他最喜欢的周杰伦的《稻香》：

　　　　还记得你说家是唯一的城堡
　　　　随着稻香河流继续奔跑
　　　　微微笑小时候的梦我知道
　　　　…………

　　伴随着歌声，周佼觉得，眼前这一切美极了……

2024 年 3 月 12 日完稿

2024 年 4 月 25 日修改

附录

那束光能照多远、照多久？
——周佼警官专访

Q：故事中的两个原型人物马亮和轩轩，在现实生活中跟您有很深的羁绊，是您发现了他们之间的故事，可以具体讲述一下案件的情况吗？

A：2017年冬天，城区盗窃车内财物案件频发。一天夜间，我和队友开着车巡逻，突然，车灯一闪，我从副驾驶位上隐约看到马路对面有一个人影，就像壁虎一样贴在墙上，一动不动。开过一百多米后，我决定掉头回去。

原来那个"壁虎"是一个男孩，他自称马亮。他穿着件单衣，头发打着结，身上脏得像没洗过的拖把。然而，在他的脚边却放着一整箱飞天茅台,这箱茅台是他从一辆轿车上"拿"的。他承认,还从其他车上"拿"过东西。

我们从马亮的衣着就可以看出,白天他无法出来见人。我们问谁帮他销赃,他交代出了一个七岁的男童,名叫轩轩。

轩轩的老家在河南周口,他是父母非婚生的孩子。后来,他的妈妈离开了,爸爸又娶了一个女人,后来都不知去向。轩轩的爷爷在渭南一个城中村收废品,每天一大早就开始喝酒,天天把自己灌得东倒西歪的。轩轩成了一个野孩子,常常几天不回家,也没人找他。

对于这个案件,我们最初的关注点是:是否有成年人(马亮)对未成年人(轩轩)进行挟持或威胁,迫使他去做某些事情的行为。但与当事人、当事人的爷爷奶奶等监护人交谈之后,我们发现轩轩所有的行为都是自愿的。马亮来到这个城市后,待了几个月没有离开。我们后来发现,他们之间的感情很深,哥哥对弟弟特别好。马亮看上去还像个孩子,但其实已经21岁了。我们经过调查发现,原来他的妈妈是从四川嫁到榆林的,后来说要出去打工,就再也没回去过。从小,马亮就多次偷家里的钱,想要离家去找妈妈。2016年，他最后一次离家出走，流落到渭南时遇到了轩轩。两人身世相似，感受相通，就成了一对谁也离不开谁的兄弟。马亮躺在土坡上数星星，轩轩就在他身边跑来跑去，像个离不开主人的小狗。

轩轩跟我讲，他们的"秘密基地"在售楼部和工地之间的一段夹墙里。在那里，我们发现了一些还未被变卖的赃物。马亮破解了售楼部的 Wi-Fi 密码，查了赃物的价格后，就随便估个价，让轩轩去外面找买主。尽管价格很低，但如果买主不愿意成交，轩轩还会搭上一两根烟，促成交易。这些用来换钱的东西都是偷来的。

在我们审讯马亮的时候，轩轩来到了我们单位，悄悄把我拉到无人处，从脖子上摘下一个粉色小狐狸挂件，塞到了我手里。这东西也来自某辆汽车，我分不清他是替哥哥退还赃物，还是想"贿赂"我。

因盗窃罪，马亮被判了四年半。轩轩很担心，因为他的爷爷要搬家了。虽然只是从城中村的一头搬到另一头，但轩轩担心他哥哥回来后找不到家。而我则为轩轩的未来感到担忧，这个七八岁的小男孩年纪还小，就像一张白纸。他从未上过学，与他家人沟通时，家人只是简单地说他不愿意上学。

考虑到我们之前遇到过类似案件，我们决定将这个小孩送到他这个年龄段该去的地方。我们把他送进了学校，并与学校的老师进行了沟通。最终，轩轩被安排进了一个比他年纪小的班级。考虑到小孩的心理，以及班级里其他学生、家长和老师的压力，我们特意挑选了一位学心理学的老师，专门为他提供帮助。意外的是，其他家长都非常关心轩轩，甚至一起分担了他在学校的一些杂费。

在轩轩上学之前，我们给他做了全面体检，并购买了保险。我们准备好了他所需要的衣服、书包等，并专门把他送到学校去。这样至少给了轩轩一些温暖和安全感，我们希望能正确引导他，让他置身于一个良好的环境中。

Q：当时在侦办这起案件的过程中，让您印象最深的事是什么？

A：他们居住的地方环境非常恶劣，那是一个基本已经废弃了的果园，第一次去的时候，天气很冷，他们只能躲在一个废弃的厂房里。日间天气晴朗时，他们才会出来，但那时外面也很潮湿。

我曾问过轩轩，他晚上会不会冷。他很开心地告诉我说，晚上不冷，因为哥哥会抱着他睡觉！我去看过他们的住处，那是一个简陋的木板床，周围铺着被子和垫子，床边堆满了小孩子喜欢吃的东西。有一天我问轩轩，跟哥哥晚上都做什么，他说他们会看星星，哥哥会给他唱歌，然后抱着他睡觉。他说他记得晚上的星星特别亮，哥哥就在星空下给他讲故事。

因为他们两个都是孩子，他们去卖东西，买方的出价都不会很高。有一次，轩轩攒了大约一千二百块钱，但因为衣兜有洞，钱就丢了。他哭着跑回来告诉哥哥，哥哥非但没有责备他，反而安慰他说没关系。

Q：马亮和轩轩这样一种青少年照顾儿童的关系是很罕见的吗？您觉得轩轩对于马亮是一个什么样的存在？

A：他们之间有强烈的依赖感。我们调查案件时发现，在他们的"秘密基地"有很多未喝完的牛奶。审讯中，马亮表示，他会定期盗窃一些纯牛奶给弟弟喝。接着我们询问了弟弟，他则天真地说，他其实喜欢喝爽歪歪或者 AD 钙奶，但哥哥不让他喝，哥哥只允许他喝纯牛奶。哥哥说只有喝了纯牛奶才会长高，变得强壮，这样别人就不会欺负他。

我问过马亮,他和轩轩是怎么认识的,他说他第一次到这个城市时什么人都不认识,就在他饿着肚子的时候碰巧遇到了轩轩,轩轩带他去小卖部里买了吃的,然后拉着他的手说我们一起玩吧。他当时觉得心里特别温暖,那之后他们就开始经常在一起待着。

曾经,我对兄弟俩的感情感到困惑,我问马亮,为什么他们之间的感情能那么好,为什么他不离开。马亮说他曾想过离开,有一次他和轩轩玩捉迷藏,想借机离开轩轩,他躲在一堵墙后面,轩轩找不到他就哭着喊哥哥。马亮听到后犹豫再三,最后还是决定回去找弟弟。马亮说,他的妈妈离开他时,他就像轩轩一样在后边喊,但妈妈并没有回头,他不想让轩轩和自己一样被抛弃,所以他就回去了。

Q: 听说大毛这个角色是根据您提供的真实人物和故事创作的,关于大毛的原型,可以跟我们分享一下您和他的故事吗?

A: 刚参加工作后不久,我遇到了一群"坏孩子",他们大多中途辍学,在学校门口向其他同龄孩子"借钱"或者"借自行车"。这七八个孩子几乎都是留守儿童,当时我对他们进行了批评教育,并让他们的家人来接他们回家。过了一两年,我去看守所提人,又碰到了其中的三四个孩子。这一次,他们已经从"借钱"升级到抢劫。第三次，我见到他们中当年为首的一个男孩在强制治疗（毒品）隔离中心，他一米九的个头，由于沉溺毒品，患上了严重的肺结核，年纪轻轻却咳嗽得像个老头子一样。

大毛这个角色就是这种类型。他违法犯罪时还未成年，法律还无法制裁或惩处他，但随着时间推移，他的犯罪行为逐渐升级，从最初的小偷小摸逐渐演变为暴力犯罪，甚至涉及抢劫等更为严重的犯罪行为。或许是家庭原因，他一直没有得到学校或者家庭的正确引导和教育。因此，他的人生观、价值观以及人生道路都出现了偏差。这件事使我感到很心痛，因此，我们一直以来都对这类孩子格外关注。

Q：您之前知道"社会困境儿童"这类群体吗？您如何看待他们？您希望社会能为这类群体做些什么？

A：像我们这次的案件就体现了农村一个普遍存在的现象：许多青壮年为了谋求更好的生计离开家乡去外面打工，留下了孩子和老人。由于父母不在身边，这些孩子缺乏家庭的关爱和教育指导，可能导致他们的心理健康受到影响，学习成绩下降，甚至走上不法的道路。

针对这个问题，国家在近几年开始重视困难儿童和留守老人，并颁布了许多相关政策以促进青壮年回流。

Q: 在您看来，原生家庭对青少年罪犯的影响有多大？是否留守儿童或者说"社会困境儿童"会更容易出现问题？作为一名公安干警、一位母亲，您平时是怎么平衡孩子的教育和忙碌的工作的呢？

A: 对于这个问题，我必须坦白地说，工作和家庭真的很难平衡。我对我的家庭，特别是对我的孩子是内疚的。

记得有一次，我去接孩子放学，老师问她为什么总是见到爷爷、奶奶和爸爸，却很少见到妈妈，孩子说我在外地上班，这让我很难过。长期以来，我一直在执法办案一线工作，需要经常出差。因此，我很少能够花时间与孩子在一起。有一次，我的小女儿听说了轩轩的事情，当时她还很小，在家哭了一整天。她对她爸爸说，外面的孩子可以得到妈妈的照顾，妈妈却没有时间陪她，哪怕一天。尽管我告诉她我爱她，但她觉得我更爱轩轩。

这件事后来也被媒体朋友问到过，他们问我，会让我的孩子和这些孩子一起玩耍吗？会让他们接触吗？我当时回答，只要能确保我的孩子安全，我完全不排斥让他们接触、一起玩耍。我希望我的孩子能意识到，有一个幸福的家庭是多么幸运，毕竟还有很多孩子每年都见不到父母。

作为一名警察，我有责任保障社会的安全，但我也是一个母亲，由于工作原因，要完全平衡工作和家庭几乎不可能。在节假日，尤其是春节、五一和十一假期，我会比平时更忙，不是在执勤，就是在执勤的路上。近些年，我也在变化，尽管工作节奏快，我还是会尽量抽时间陪陪孩子。

Q：马亮和轩轩现在都是什么样的情况？后续社会对他们有什么样的支持和帮助？

A：轩轩从小到大连疫苗都没打过，学校无法接收他。于是，我带着轩轩去做了体检，并敦促他的爷爷带他回了趟周口老家，给他打了疫苗，让他有了上学所需的接种记录。我帮忙联系教育局，为轩轩安排了一所条件很好的学校，还请求校长给轩轩安排一位经验丰富的老师。

在校长办公室，轩轩活泼好动，一分钟也坐不住，甚至穿着鞋子跳到了茶几、沙发上。老师一进门，就闻到轩轩爷爷身上的酒气："这么早，爷爷怎么会这么大酒味？"轩轩则接了句："嘿，你的鼻子怎么跟狗一样灵啊？"

轩轩比同学们大两岁，坐在教室里，高出他们半个头。老师让同学们称他为"哥哥"，提问时也说："哥哥起来回答！"

知道轩轩家里情况困难，学校尽力减免他的费用；轩轩穿的校服也是同学家长们捐赠的。我像家长一样和老师通过微信联络，除了女儿，我又多了个让我牵挂的"儿子"。

第一学期，轩轩常常出状况，有时甚至旷课。我去家里一问，原来是爷爷喝酒误了送他上学。期中考试，轩轩又没来，原来是生病了。我去看望他时才知道，前一天，轩轩和小叔通宵上网，结果感冒了。轩轩小叔也有个非婚生的女儿，比轩轩小两岁。我也帮着联系，让她和轩轩一起上学。如今，轩轩还在读书，在学校里和同学相处得不错。只是他还常常提起，他想念那个和他有"秘密基地"的哥哥。

一直以来，不同媒体的朋友们经常去看望轩轩，不断地给他寄送学习用品，例如点读机、书籍等。还有央视的一些老师也从生活方面给予他支持，给他买了床垫、枕头等，大家都从各个方面关注着轩轩的成长。

马亮现在已经出狱了，和他姐姐生活在一起。他融入了社会，生活逐渐规律起来，过得比较正常。

他们在各个方面都受到了国家、社会的关爱。我认为这得益于我们所有人的努力,真正地让他们朝着越来越好的方向改变。